U0928064

台叔/著

我讲个笑话，你可别哭啊

中国华侨出版社

图书在版编目（CIP）数据

我讲个笑话，你可别哭啊 / 囧叔著. —北京 : 中国华侨出版社，2013.4

ISBN 978-7-5113-3497-8

Ⅰ. ①我… Ⅱ. ①囧… Ⅲ. ①随笔－作品集－中国－当代 Ⅳ. ①I267.1

中国版本图书馆CIP数据核字(2013)第072756号

我讲个笑话，你可别哭啊

著　　者：囧　叔
出 版 人：方　鸣
责任编辑：付改兰
经　　销：新华书店
开　　本：880mm×1230mm　1/32　印张：6.5　字数：110千字
印　　刷：北京慧美印刷有限公司
版　　次：2013年6月第1版　　2014年10月第4次印刷
书　　号：ISBN 978-7-5113-3497-8
定　　价：29.80元

中国华侨出版社 北京市朝阳区静安里26号通成达大厦3层 邮编：100028
法律顾问：陈鹰律师事务所
发 行 部：(010) 82068999 传真：(010) 82069000
网　　址：www.oveaschin.com
E-mail：oveaschin@sina.com

如发现图书质量问题，可联系调换。质量投诉电话：010-82069336

目 录
CONTENTS

在身边

序

FOREWORD

本来我觉得序这东西十分多余，谁买来书要看这劳什子呀？反正我自己买书，从没认真看过。除非遇到特别喜欢的作家，并且已不在世，皆因为喜爱的文字存世不多，每一个字都想细细品玩一番。我寻思，既然我的文字像“暴晒过的洋灰地一样粗砺”（网友批评），且我还年轻，估计也不会一时便死，这部分就更多余了。后又一想，以往读过的为数不多的书里，确实在翻开正文之前可以看到个“前言”，或是“自序”，或是“代序”，内中多是一些作家对写作不易、生计艰难的慨叹，接下来的内容我从来没看过，不知道该怎么写。想找本书参考，闭目从书架一抽，视之乃钱公《围城》，并无自序，只有个“重印前记”。所以，我只好瞎写。

我这人读书少，没什么文化。其实我很早就开始读书，但是读的都不是什么正经书，大多是全球百大未解之谜一类。上高中时，班上的女生一本接一本地从图书馆抱回托尔斯泰、陀思妥耶夫斯基，当然还有她们最爱的玛格丽特。这些女生说起玛格丽特，总是拿英语的语调发汉语的音，十分不伦不类。我有一次翻了翻，觉得味同嚼蜡，不如金庸看着过瘾。我这么说可能会损失很多女性读者，苍天可鉴，这让我非常痛心，但我必须说实话。后来我进入了一个父母不让看什么我就看什么的阶段，在此阶段读了《废都》《白鹿原》，还有《十日谈》的残本，以及一些名目不便于印刷的书。为此我可能又得损失一些男性读者，因为他们觉得我亵渎文学——无法可想。据说那是一个人格定型的阶段，可能正因为此，我在少年时期就形成了一个老没正经的人格，连我写出来的东西也跟着不正经起来。上学时，语文课总布置一种名曰“周记”的作业，不知道现在还有没有，意思就是把一周的事情记下来，给语文老师批阅。我特别讨厌这个东西，觉得生活被语文老师窥探着，还有一种当奴才上朝听宣的感觉，十分不悦。有一回，一周的生活实在太乏味了（上学、打球、放学、吃饭、做作业、睡觉），我没得可写，无端恼怒起来，就在周记上写了这么一段：“启禀我主万岁，臣今日走在街市以上，见八旗兵丁甚苦，衣不蔽体，食不果腹，煞是可怜，请我主万岁龙意天裁。”老师看后，批了大大的三个红字：“没正经！”现在想来，那可能就是我写作的开始，而且我其实打心眼里喜欢那个语文老师；我只是讨厌写周记。也可能是我讨厌写任何作业。

那位语文老师，听说现在已经当了校长大人。得知这件事以后，我特别想给他寄张卡片，题上“长势喜人”四字，可惜没有他的地址。说笑归说笑，认真想来，我还真是受了他很大影响。有一篇周记，我是从眼前的纸笔开始联想，一路想到造纸术、东汉与西汉、历史老师、眼镜的挑选与养护，等等，毫无章法，纯粹应付作业，戏弄老师。没想到老师大加赞赏，批下七个怪字：“弗吉尼亚伍尔芙！”那时候也没有Google，我上哪儿解这个暗语去？只依稀记得弗吉尼亚是个地名，也可能是人名，因为在《挑战者》里，肖恩·康纳利一脸猥琐地对旁边的姑娘说：“你知道，弗吉尼亚，黑头发女人比金发女人漂亮。”所以我觉得弗吉尼亚伍尔芙大概是个漂亮女人。问老师，答说“去图书馆就知道了”，原意是要让我不但知道这人是谁，还要借本她的作品来看看。他没料到我有图书馆恐惧症。后来老师自己绷不住了，在语文课上念了我这篇周记，称之为“典型的意识流作品”。这是我听说过的第一个流派，如果不算上武当派的话。我觉得这个名字太威风了，决定加入这个门派，修炼武功。

大学里，我是学法律的，文学鉴赏只是一门选修课，仅十数人，还有人经常逃课，例如我。有一天老师看见我来上课，讶道：“你是谁？”可见我逃课之历史悠久。我递上作业（不交没学分），老师审罢放在一边，先点评其他人的作品。作业是书评，我这一年没读过书，写什么书评？于是我就评《聊斋志异》。听他一念其他几人的书评，我简直羞得尾巴骨都红了，因为人家评的不是卡夫卡就是塞林格，还有个评显克微支的，当年我根本不知道他是谁。不料老师对我那篇评价还挺高，表示：“除了根本不是书评以外，都不错，给你50分，去吧。”我问老师为什么不是书评，老师说："你上过课吗？你这篇里就第一段跟聊斋有关！后面都是意识流！"此时我才再一次想起这个流派。虽然后来回想，那老师也是在揶揄我而已。

一来二去，我渐渐受到了很多意识流的影响，读了弗吉尼亚伍尔芙和普鲁斯特。我这人读书有个毛病，读到好书，不像别人一样思考怎样汲取精华，反而不停捶胸顿足："×××！老子一辈子也写不出这么××的小说！"这些"××"虽然都是赞美，但有辱斯文，不说也罢。总之，普鲁斯特身上那么多××的东西，我一点都没学到。我写作时喜欢东拉西扯，想到哪儿写到哪儿，从不会憋住写不出来，最多只会下笔千言离题万里。遇到这种情况，我就跟编辑哀告："大哥大嫂，改个名字吧！"一般也能过关。只不过，当我意识到很多人都拿意识流当跑题的挡箭牌时，我就不这么说了。(但我依然这么做。）有一次，我拿这本书中的一篇给一个作家朋友看，问他："我这算意识流吗？"那篇是跑题最严重的，废话很多，一会儿你就读到了。作家朋友看后撇撇嘴，说道："你这不叫意识流。依我看，你这叫不入流。"我想这就是所谓的文人相轻吧！想到我也终于因为被人相轻而成了文人，不禁飘飘然起来。

现在来说说这本书。顺便一提，"现在该说说某某某"这个句式是王小波发明的。真是太高明了。当然，也可以说是他从君特·格拉斯那学来的，但他用得更加玄妙。就像说书人说倒笔书，说好了叫倒笔，说不好叫倒粪，因为总回不来正书。他说马尔科斯（他译作马奎兹）擅长造句式，造出了“××时期的爱情”这类黄金句式，让他可以套用。受到他的影响——当然也有马尔科斯的影响——我也喜欢用一些黄金句式，只是自己造不出来而已。有些汉字的组合读起来特别上口，让人忍不住想用上一回，全不顾用的时机是否合适，甚至用了以后词不达意、漏洞百出。比如，《大江大海一九四九》就带有这种味道。为了能用一回这个，我把人名都改了。本书有一篇《大江大海一箱啤酒》，着实不伦不类地用了一回，反正我自己舒服了，我就不管你们了。书中的卢大江和卢大海，本来是叫刘文江、刘文海，但是要用原名，我就没法写了。何况原名与真人气质不符，这俩人一点也不文，读过便知。

书中一部分稿件是我的存稿。这部分存稿，我给一些朋友看过，为的是让他们相轻我一下，好让我体验当文人的快感。果然，我的一位朋友看过之后，满面鄙夷地看着我，就像看着一个卖“工地里挖出的金佛”的那种人。他问我：“你写的这些人都是真的吗？”这个问题太不礼貌了，我怒道：“都是假的！”真实的情况最多只能说是半真半假。前面说了，我这人不说假话，所以其中假的部分也是真有其事，只是艺术地加工了一下，没有凭空编造之理。前些天我受朋友所托写一本灵异小说的书评，读到序章，里面言之凿凿：“我说的这都真事儿！”气得我差点儿报警说有人搞封建迷信传播。大学时我评聊斋，开篇选的是其中一篇《宫梦弼》。这篇故事里虽然也有奇迹怪象，但一没狐，二没鬼，一样字字通心，发人深省。蒲松龄先生说“放纵之言，有未可概以人废者”。这比“我说的这都真事儿”高明多了。如果我写的东西里出现了本不存在的人，那一定是我心中之人。

这本书写得很快,因为写起来不怎么费脑子:某日,见一人,闻一事,觉得有趣，值得思考，回家就写出来。更有一部分是存稿，这从文字风格上能很明显地看出来，因为我现在当了爹，已经比以前正经多了。我唯一需要动一动脑子的，就是在方言上节制一些，不要满篇跑京片子，不然南方读者要摔书的。我大学的时候在书里看到“困觉”就摔了一次书，当然那时候还不成熟，可以理解。现在我已经不摔书了，也希望各位不要摔我的书。我的书虽然内容不适合捐给慈善学校，但留着垫垫茶杯也是好的。

鉴于内容的关系，本书就不献给我的妻子儿女了。献给父母也不合适，他们要是知道我在青春期其实结交了这么一批人，还不打断我的狗腿。所以，这本书献给那位联系不上的语文老师好了。他姓汤。

在心中>>>

/ 退休 /

一个夏天的早上，我妈来电话说：“你爸队里要给他做一个退休相册，让选25张照片，你来帮着拷一下吧。”并用炸酱面作为诱饵。我自然欣然咬钩前往。我问我爸：“这个相册是干吗用的？”我爸吐了口烟，说：“大概跟你们那会儿的同学录差不多吧。”

于是我开始挑照片。我爸有云南、江西、湖北、湖南、四川、西藏等地的旅游照片。我一张一张选下来，挑他最精神的，拷进卡里拿给他看。

“诶？”他把烟踱死，皱着眉头看着，“怎么都是我啊？”

“你的相册不放你放谁啊？”我往面条上整齐地摆黄瓜丝。

“我的队友呢？”他问。

我呆住了大概15秒。我完全没考虑这个问题。我是说，我完全没考虑到我爸还有队友，我更没考虑到他会想要在退休相册里放队友的合影。我甚至没想到他真的会在意这相册里放的是什么。我把摆好黄瓜丝的碗放下，怯生生地看着他。

“先吃饭吧。”他叹了口气。他很生气。我于是又端起碗来，但不太敢出声吃。你知道，吃炸酱面时不能出声，真是生不如死。

我爸是一名万恶的城管队员。一般老百姓都这么说城管。但他其实是一个好人。他这一辈子从没抄过一个小贩，没掀过一个摊，没抓过一个人，没扣过一辆车。我有一次跟他们队里喝茶，趁我爸上厕所的当儿，问一个叔叔：“我爸这么干，怎么在队里立足啊？”

叔叔啜了口茶说：

“一来呢，他从绿化科转来的时候年纪已经大了，活儿都是年轻人干。二来嘛——”说着他突然自顾自地笑了起来，笑了足有半分钟，“二来你爸长得实在太凶了，小贩看见他望风而逃，谁敢跟他对抗啊？”然后一屋子的老老小小都狂笑起来。从他们的表情里我看得出，笑归笑，但恐怕真就是那么回事儿。

高考前夕，为了让我上学方便，一家三口住在队上的一间库房里。院子由绿化队和城管队组成，都是和善的人儿，我从没觉得有一个凶神恶煞，除了我爸。而我爸却是“站着喝酒而穿长衫的唯一的人”。——他是队里唯一读过《十日谈》《红与黑》和《牧羊少年奇幻之旅》的人。

我亲历过几次。三口人吃完饭上街遛弯，他嘱咐我们别跟着他，然后噌噌噌紧走几步，再转入慢悠悠的散步节奏。我们之间拉开了一段微妙的安全距离。这可能是世界上唯一让人不舒服的安全感。肯德基门口有几个卖盗版盘的，见了我爸就点头哈腰叫“张哥”，却也不跑，有时候还递上几张盘来，我爸一般摆摆手。有时也拿。

有一回经过一个地下通道，他背着手，盘着珠子，在前面缓缓地走。通道两旁的小贩像被注射器推了一样，捏起摊布四角，整整齐齐跳了脚往东跑。跑到一半，呼啦啦地又都回来了，后面跟着对面辖区的城管。这条地下通道以中间为界分两个队管。那城管三两成群，吆五喝六，好不威风。小贩抱着包袱往回跑，到我爸面前，迟愣一下，看他微微一点头，便又继续往后蹿去。那时候我看我爸的背影，觉得有股噼啪爆响的气流在周身环绕，四边的空气都扭曲了，连地下通道的灯都明灭起来。

我爸的队友说：“有你爸这样的人，我们还需要打砸抢吗？”其实他们都是很好的人，没有我爸他们也不会打砸抢，这我是知道的。如今这个凶神恶煞突然一退休，他们是有点儿不知道如何是好。他们队里有好几个大学毕业生，还有几个转业军人。这支队伍很不好带——有贾家楼的，也有瓦岗寨的；有穿长衫的，也有光膀子的——他们需要我爸这个读过书的凶神恶煞来中和他们的气场。以后只好靠他们自己了，我想。

吃完饭，我重新挑了照片。在庐山的石碑前，老老少少十几口子围成一个扇面，我爸一脸政治不正确地站在正中，好像按快门的人是他的死仇，眼里恨不得冻出冰来。我觉得这张很合适，就把文件名改成了“封面.jpg”。在此之前，我没怎么认真想过退休是怎么回事。退休就是他们还需要你，你却要卸甲归田了。你还活着，却变成了照片儿。

不过这也好，这么一来，接下来的几十年里，我爸就从老张变成了纯粹的我爸。

/ 刺 /

有一天晚上，加班到11点时饿得不行。找遍公司发现了一盒快餐，拿出来热了热便要吃。事情就是这时候发生的：掰筷子的时候，一根竹刺斜斜插进了食指肚。

当时我想：我是不是有二十几年没扎过刺了？

小时候玩冰棍里面那根竹棍，常常被木刺扎手。我最怕扎刺。刺不可怕，我甚至都没觉得疼过；真正可怕的是挑刺。奶奶把老花镜往下一拉，从镜框上面露出黑眼珠和抬头纹，然后像黑社会一样曲两下手指示意我过去。在她从线轴上抽出针的一瞬间我确定听到了宝剑出鞘的声音。接着就是挑。奶奶有很多技巧，深浅横竖，挑大刺挑小刺，出手稳准狠，往往一招毙敌。但挑刺的过程真的很疼，虽然没流过血。

后来奶奶老了，戴着老花镜也没法给我挑刺了。更可怕的事来了：她也没法给自己挑刺了，所以得我给她挑。她干了一辈子活，手指硬得像枣木一样。每次我攥着她的手，就哆里哆嗦不敢下针。奶奶总是不耐烦地说“挑啊看花儿呢你”，我于是就一狠心——血出来了，当然一般刺也出来了。奶奶更不打话，翘着伤指，把其他四指往我脑袋上一拂，出门干活去了，临走还不忘了收好针线。宝剑还匣。

这事儿没发生过几次，我就离开奶奶回北京了。住进楼房了，人也大了，不玩土不玩冰棍筷子了，扎刺的机会也就少了。二十几年像某种滑不溜秋的底栖鱼类，倏地没了。我三十多了，在公司加班，快撑不住了，还被筷子扎了手。这让我觉得是件大事儿，因为你不知道还有什么像扎刺这件事一样二十几年甚至更长的时间内都没发生过——但这不代表它永远不会发生，而你还没学会怎么应对。

我找了根曲别针，掰直了开始挑刺——学着奶奶的手法。滑拿崩拔轧，拨打盖挑扎。全用完了，刺好像更深了。这种疼很讨厌：疼又不是很疼，想无视它又办不到，因为它总在那儿一剜一剜地疼。我怀疑就算我回了家也找不到针。我总不能看着自己被刺扎死吧？

本公司产品总监因手指扎木刺一根，感染后引发败血症，不治身亡，因此公测推迟一周。——这可不行。最后我一发狠，用裁纸刀把指肚切开，用自来水把刺冲出来了。当时的心情跟《电锯惊魂》里锯腿的那哥们儿大概相同：一边割一边从牙缝里滋出一个×来，却不知道要×谁。

然后我一边吸着手指一边想：我干吗不回家让老婆帮我挑?

/ 爷爷的塔吊 /

我爷爷一生有三件大作。

一件是星空仪。这东西直径两米，连架子立起来估计有三米高（也可能是因为我当时还太小而留下了过大的印象）。它由一层镂空的带刻度的面板，一层可旋转的深蓝色星空板和一层布满发光二极管的电路板组成。开动起来，星空板在刻度板下缓缓旋转，到了你所在的位置时，对应的星座就会亮起来。我爷爷完成这东西时，我大概五岁，一个如此巨大的东西能够旋转，给我留下了一种很特殊的印象。这造成了两个后果：一、我开始有巨大物体恐惧症；二、我除了北斗以外不认识任何星座。

这东西没有获任何奖。

另一件是大风车。这风车比星空仪还巨大，简直像一棵长着可自旋的圆形树冠的千年怪树。一转起来，它就哗啦啦地响，其旋转机制非常复杂，因为上面有千百个零件，每一个都在以自己的方式旋转，看上去眼花缭乱，没受过专业训练的人很快就会呕吐。它的声音和复杂的结构，都是因为此物乃是用数百个易拉罐拼成的。

我到现在还记得我爷爷制作它的一些方法。例如，怎样在易拉罐上打一个上下对称的中心孔？翻过易拉罐，在罐底的凹面上投一颗滚珠，用锤子一砸，就获得了中心点；而正面的中心点就是拉环的轴。插入一根剪成规定长度的自行车辐条，就成了轴。怎样保证罐体不在轴上前后跑动？用一截圆珠笔芯充当热缩套管，它们跟自行车辐条配合得天衣无缝。此类方法非常之多，你看到时也许觉得“啊，太简单了”或是“这谁都知道嘛”，可对我来说它们就是爷爷发明的，是爷爷的财宝。

这个东西当然也不可能获任何奖。

我爷爷因为制作这种东西，经常被后世的人称为“民科”。我虽不知道“民科”的全称是什么，但我知道这不是什么好词儿，因为我在网上看到过一些关于其他“民科”的报道。那些人总是想发明永动机，或是自制一辆跑车。我爷爷与他们不同，他非常尊重基础科学，因为他就是教这个的。他是小学自然教师，不知道现在的小学还有没有这么一门课了，我小时候还有，非常有趣。它包含物理学、化学、生物学、天文学等学科的基础知识，教起来很不简单。我爷爷为了教好课，自己动手做教具。前面说的那两件东西都是教学用的，虽然它们对孩子们来说太巨大太恐怖了，至少我是这么觉得的。

我爷爷的第三个宝贝是一架塔吊。就是工地上用来吊水泥板的那东西。这架塔吊配有轨道，能左右移动，可以升降、旋转吊臂，以不同的速度收放吊钩，这一切都由一组开关控制。塔吊上层结构里有复杂的动、定滑轮组，多个功率不同的电机和齿轮组，整架吊车移动时还带有触壁倒转和阻尼制动的功能。这是给高年级学生讲课用的，但后来不知怎么到了家里，成了我跟弟弟的玩具。你要知道，在七八岁的年纪上，一个男孩子获得这样一台功能齐备、运转精良、无比精密的机器，是一种令人寝食难安的体验。我吃饭睡觉都在想那个塔吊，想弄明白它是怎么工作的，能吊起多少东西，从哪儿获得的力量。

而且它是全世界唯一的一架。当时我跟弟弟有这么个共识：我们的班上都有那种家里很早就有彩电、顿顿都能吃肉的同学，有的还住在楼房里，冬天穿一种叫羽绒服的难看的衣服上学，即便是这种同学也不可能拥有这样一架塔吊。

后来全家回了北京，这架塔吊成了唯一带回来的大件教具，放在爷爷的阳台上。那时爷爷已经得了食道癌，经常负手站在阳台上，听着《失·空·斩》，看着塔吊吊起一盆吊兰，挂在晾衣竿上，又吊起另一盆，如此能看一个下午。有时他会翻开一个红皮笔记本，在上面写几笔。写完就收起来，从不让我们看。

塔吊在我手里，就是一台机器。我推前，它就往前走。我拉上，它就往上提。但是等到我爷爷操纵它时，它就像是个机器人。爷爷只管喝茶，它自己就会完成一整套复杂的操作。爷爷有时候摇头，有时候点头。可能爷爷觉得它实在太蠢了而摇头，可能觉得它还可以挽救而点头。有时候它摔了东西，爷爷就会对它动上几改锥，我想这大概是家法处置。但是它能吊的分量越来越轻了。起初它可以给鱼缸换水，但后来只能吊起一把小茶壶了。爷爷去世后，它不动了，换电池也不行，我们都不会修，只好由它去了。于是它就一直保持着指向西方的姿态立在那里。

爷爷去世后，我们回学校办理报销之类的麻烦手续，一并处理原来的房子。我见到了跟爷爷共事的其他一些老师，他们大多也退休了。我讲起爷爷的塔吊，说后来那东西不转了，大家抚掌大笑，说：“那太正常了，你爷爷做的东西你们可玩不了。”据他们说，我爷爷年轻的时候看见什么都想做一个，而且八成都能做出来，只不过只有他自己会用。刚流行收音机的时候，我们家第一个有了一台大型立式收音机；流行唱片机时，我爷爷又打造了一台带转角拉门的柜式音响，能放黑胶唱片，后来因为我把唱片当飞盘扔干净了而告终。爷爷养鱼，家里有三个大水泥池子，他听说要用加氧泵，不想去买，就用手头的材料做了一个。这一组材料中的变压器是从我的电子琴上换下来的残品，被他修好了，后来又坏了，他一生气，就用漆包线自己缠了个变压器。有一次他看公审死刑犯，回来竟然想制作一把自动步枪，被大家制止了。

听老师们讲爷爷的事，越听越觉得我跟爷爷之间的距离有如天渊。虽然我在他身边生活了那么多年，但都是作为一个孩子，而不是一个具有完整人格、能跟他真正交流的人。等我具备了这种交流能力，却已经风不止亲不待了。现在，经过几次搬家，连那塔吊都不知道去哪儿了。爷爷做东西从不画图纸，都是直接动手，图只存在于他的脑袋里，他走了，那东西就成了无法复制的孤本。长大以后，我凭记忆复制过一些爷爷做过的东西，有几样成功了，比如用牙膏盒改造的潜望镜，我还对它进行了升级改良，能多段折射，弯成C形依然可用。我还做过一个证明热空气上升冷空气补充形成风的小东西。但是爷爷的塔吊我是做不来的，那里面有机械传动，有程控，有电路，有金工，有雕刻艺术，繁复无比，想想就头疼，让它去吧。

爷爷走后，收拾遗物时当然会发现那个笔记本。我拿在手里摸了好久，才深吸一口气打开。里面没有任何图纸或令人振奋的东西，只是凌乱地写着一些“坚持”“信念”“勇气”之类的字眼。我爷爷是个无神论者，至死没有任何宗教信仰。我想，他信仰科学。

老师们告诉我：当时，学校给我爷爷很高的待遇。他们给了他一个很大的院子，专门摆放这些大家伙，并在院子里盖了一间大房子，名曰“科技宫”。这些事我当然是记得的。我小时候抱着科技宫的院子里一个正在敬礼的少先队员雕像想爬上去，结果那个雕像竟然是摆在上面的，没有任何固定，于是我就跟雕像抱成一团摔了下来。所以我当然记得这个院子。有一天我在院子的大铁门里玩，来了几个高年级的孩子，举着一个长耳朵的怪虫，非要见我爷爷。现在想想，那东西就是幼年的蝙蝠。但当时我吓坏了，觉得他们是坏人，必须保护爷爷，我就说他不在，不给开门。他们问我是干吗的，我就大喊：“我是他孙子！”他们就大笑着跑开了。我一头雾水，心说孙子有什么奇怪的，你们没有爷爷吗？你们的爸爸都是茅坑里捞出来的吗？

几年前我做了个梦，梦见我在那个院子门口骑车，忽然摔倒了。这段记忆大概是因为我确实是在那里学会的骑车，全程只摔了一次。当时爷爷搬一把躺椅，坐在两排平房教室之间的拱廊里笑，也不扶我。梦里，我摔倒之后慢慢地爬起来，透过铁门，看见爷爷正在院子里锤锤打打地做什么东西。他还是我小时候那个样子，戴一副琥珀色边框的眼镜，手指贴满白色的橡皮膏，干活时嘴唇总是抿得很紧。我抓住铁门的栅栏，恨不得钻进去，我想喊他，却发不出声音，而他当然也看不见我，只管低头干活。这便是逝去之人。

/ 昂贵的默契 /

十月的一个周六，我送一位朋友离京，再一次宣誓这是今生最后一次熬夜之后，又被抓去参加了一场婚礼。其实并没有怎么熬，快六点找个床一扑，就睡着了，一睁眼就十一点了。算算也睡了五个小时。新郎来了个电话催快点过去。感谢上苍，我还是第一次接到新郎亲自催阵的电话——此刻他难道不是应该在走红毯吗?

婚礼上，我坐的那一桌，都是圈里的同行。大家有个两三年没见面了，有的得有六七年了，但面目依稀可辨。我挨个看着他们的脸想名字，甚是尴尬，正当此时，两个妹子居然问我："你认识我吗？"真是太不给面子了。可是到了新郎新娘靠近我们这一桌的时候，大家一抹脸，眼中射出二十二道凶光，彼此交织，火花四溅，扫过之处连凉了的菜都冒起热气来，我赶紧吃了两口。

接着妹子们开始紧张有序地准备一些恶俗而又喜闻乐见的节目。什么调和油啊，胸口碎番茄啊，裤裆揉鸡蛋啊，尽是些平时一说就会让人觉得“我×真无聊”但婚礼上又玩儿得极尽兴的玩意儿。看着姑娘们天衣无缝的配合，我不禁出了神。你们这也太默契了！只见妹子们低着头，款式各异的刘海和长睫毛遮住了她们的笑脸；几双巧手碰在一起，用牙签扎透西红柿，再往里灌芥末。各种酒水调料很快混合成一碗碗看上去十分可疑的液体，再用红包架着叠成壮观的金字塔。壮小伙们搬桌子摆椅子准备点烟的戏码。他们交谈时声音很低，有时突然开心地笑起来，笑得眼犄角都开了，然后齐声止住，又开始工作。

他们就像一个出生入死三十余载的突击班，分工明确，配合紧密，逻辑清晰，手法细腻。他们并不怎么交换意见，我递给你这个，你拿给我那个，就立刻知道怎么用。时而有人吩咐服务员拿来什么东西，我的乖乖，连服务员都跟他们是一伙的！还能举一反三！让拿两个鸡蛋，拿来了四个，有个破了还给换了一个。那场面真让人胆寒，幸亏我已经结婚了。此一役，总结出一个经验：没结婚的人，将来结婚的时候一定要跟掌柜的打好招呼，客人要鸡蛋和芥末千万得说没有啊。

末了，新郎新娘精神抖擞地来了我们这最后一桌。只听得新郎大吼一声："来吧！"虽然只两个字，但竟有抑扬顿挫之感，吐气之铿锵，生生将此二字在墙上砸出两个阴文来，白灰溅了一地。不愧是高手过招！气场太足了，知道这边是龙潭虎穴又跑不掉，输人也不能输场子对不对？！

决赛开始了，新郎表现得非常敬业。这里说的敬业很微妙，是一种欲拒还迎的贱兮兮的表情。他一边发怒咒骂，一边笑出屎来，浑身上下都是西红柿、芥末和鸡蛋黄。怎么说呢，这小子太清楚观众想要什么了：我们要的抵抗和顺从、欢乐和悲壮、羞涩和幸福，全都出来了，满分！妈的，你结过几次婚啊？我正想这个问题时，伴郎出手了。有一碗调和物，上面漂着一层半寸厚的透明的油花，看上去要是喝了非得当场蹿稀不可。新郎已经高潮了太多次，实在搞不动了，伴郎仗义出手，喝的过程里，新郎抚掌感慨道："你们知道我为什么找他当伴郎吗？不是他形象好呀，是因为如果让他留在席上，实在太危险了！"

后来伴郎解说道，新郎这小子，以往在朋友婚礼上出的馊主意最多，出手狠辣不留余地，是以有今日之惨。而伴郎正是他多年的战友，年底也将在迈向爱情坟墓的路上修成正果，现在是用生命在陪练。我才知道，这种罕见的宾客之间、新郎与宾客之间的默契是经历了多少场恐不亚于当日的惨烈战局才磨炼成的。那是多少桌昂贵的残席、多少厚实的红包锻打出来的火红发烫的默契啊！

出得酒宴来，宿醉未醒，摇摇晃晃地在地坛里走了一圈，遛了一趟《剑阁闻铃》，觉得清醒了几分，又跟两个头天通宵party（其实就是通宵看着中央六台喝酒扯淡）的朋友找地方吃饭。吃饭时，其中一人突然贼忒兮兮地对他老婆说："媳妇儿，我能干一件特别屌丝的事情吗？"只见他媳妇儿伸出一只妙手，把桌上印着可爱图案的餐巾纸抄起来折了折，装进了包里。当时我就震惊了！你们是用脑电波沟通的吗？正想着，我老婆来了个电话："你还来不来接我了！老娘买了一吨的东西等着拎回家好吗！"我一缩脖子，赶紧驱车送两位朋友回家，然后奔赴沙场。

晚上，老婆开着车，等红灯。突然她说："嗳，老公，哀家问你——"

"那个是后视镜上的大视野，"我托着腮，看着半圆的明月。天气真棒！"镜子上的线里面是平的，外面是球面镜，看远处的。"

“你怎么知道我要问这个？！”老婆惊道。

我也不知道。这可是用老子多少年的心血和薪水熬制而成的绵密无比的昂贵的默契。

/ 炒饼 /

我是三十岁那年才学会做饭的。当时妻子长期出差，如果不做饭，我就会把自己饿死，或穷死。我对做饭并无特殊感情，也不讨厌，就像我对多数窈窕淑女的态度一样。我第一次做饭前，找到一个经常在网上展示厨艺的大哥，问他初次下手做个什么菜好。大哥略一沉吟，说道："你炒个蚝油生菜吧。"我问为什么是蚝油生菜，答说因为生菜即使没炒熟也能吃，这一回答使我对中年男人的人生智慧顿生憧憬，恨不得一下子老上十岁。由此可见，无论是我自己还是我的亲友，对我做饭的要求就是能吃就得，不要把自己毒死便是了。

所以每当我听到旁人眉飞色舞地谈论如何做一盘色香味俱佳

的西红柿炒鸡蛋，并为西红柿炒鸡蛋应该是甜的还是咸的之类的问题几乎动起手来时，就觉得天空一片灰暗。妈的，西红柿炒鸡蛋无论怎么做不都是那个味儿吗？甜的和咸的有很大区别吗？能吃不就行了吗？而且科学地讲，其营养成分的区别简直可以忽略不计，除了放糖的所含能量更多一些。作为一个做饭的外行，我以为要争论一道菜的做法和流派，那这道菜怎么也得上点档次吧！譬如，蒸羊羔、蒸熊掌、蒸鹿尾儿，烧花鸭、烧雏鸡、烧仔鹅之类。

纠正我这个观点的，乃是一种平常之极的食物。这事说起来非常传奇，传奇之处有三：第一，我并没有吃到该食物，光是听一遍它的故事就足以让我对做饭的印象改观了；第二，该食物甚至都称不上是一道菜，而是一种菜和主食的合体——炒饼；第三，烹饪此食物的主角乃是一位妙龄少女，是以此事传开之后，朋友们都亲切地称之为“炒饼公主”。

我和这位公主殿下相识经年，并不知道她会做饭。不但我不知道，连她家炒饼驸马都不知道，因为在她家，饭一直是这位驸马公做。驸马是一位面目狰狞的中年人，年轻时曾经开过西餐厅，当然中餐做起来也是一把好手。此人不但善于做，还善于说，一道普通菜肴经他把选料、刀工、火候、装摆一通讲，会让人顿生“虽然不明白但是觉得很厉害”之感，忍不住鼓起掌来。你听他讲过一两回，就会相信做饭的人之间存在着那么一个江湖，该江湖非常缥缈虚无，道上的人见了面，提鼻子一闻就能闻出彼此的流派风格；所做的菜，下一箸便能分上下论高低。不但如此，还能给你讲出你选的料有什么问题，用的油如何不纯正，火候稍稍大了两分，最后大火收汁的时候内功没有使足，等等，非常邪乎。他们这些人谈做饭，就算说出“年兄这道拍黄瓜略有腥膻之感，想必是入庖之时没有焚香吧”这样的话来也不会让人觉得奇怪。这便是江湖。

公主跟这样的奇男子生活在一起，自然是蜜里调油的相仿，得宠还来不及，怎么会让她下厨做饭？所以其江湖高手的真面目一直没有暴露出来。逻辑推理和实际案例都说明，一位妇女要想在家里不做饭，最好的办法不是对丈夫施以淫威，也不是诱之以色利，而是告诉他“老娘不会！你若不信，我便切几个黄瓜墩子肉轱辘给你看”。当然，公主殿下的家务事，我们平头老百姓是无从得知的，就连炒饼的事情也是驸马爷在喝酒时叹着气跟我们这些不会做饭的下等人说的。至于公主殿下是不是真的把黄瓜切成了黄瓜墩，我可不知道。

炒饼的事情是这样的。据说有一天，公主夫妇去菜市场微服私访，准备买一些食材。驸马爷在肉摊儿前弯着腰看了看，指着一块后臀尖跟掌柜的一点头。事情就发生在这电光石火的一刹那。你们知道，做饭的大师傅，眼神耳音都是上佳的，任何细微的变化都逃不过他们的耳目，这也是掌握火候的必备基本功之一。驸马爷以三十年积淀之功力，在那一瞬间感受到了一声轻蔑的冷笑。这声笑微乎其微，在嘈杂的菜市场几不可闻，但他还是敏锐地捕捉到了。

循声望去，冷笑竟是发自公主殿下的。

“你笑什么？”驸马爷问。“没什么。”公主轻声答道。声音轻得像一个醒来便已经忘光的梦。驸马追问：“你对我挑的肉有意见吗？”你们看，这纯属夫妻之间微妙的默契，公主殿下的冷笑，完全有可能是对掌柜的笑，对其他买菜的笑，对架子上的猪头笑，他怎么就能想到是在对他笑？这简直是最不可能的情况。要命的是，公主并不解释，也不回答，只是耸了耸肩。

驸马生气了。“你给我站住。”他说。公主转过身，淡淡地看着他。驸马问：“你说，你这个外行，对我挑的肉有什么意见？”讲到这里，我觉得有必要把各位的视野往现实世界拉回来一点：虽然我们称之为“公主”和“驸马”，但他们只是穿着大背心和邋遢的连衣裙，趿拉着拖鞋，在普普通通的菜市场里买菜的年轻夫妇而已。所以这并不是江湖奇谈，而是某一天会发生在你家门口菜市场的故事：一对年轻人买菜，逛着逛着吵了起来，原因是女的说男的挑的肉不好，男的说女的外行，搁谁也得打起来。

两人对视了半晌，最后公主抱臂笑道：

“好，我外行。老娘今天晚上就让你知道知道谁是外行。”

这便是炒饼事件的前奏。书要简短，驸马爷赌着气，跟在公主后面看她买了完全无法用烹饪学常识理解的肉和菜。肉带着二两皮，圆白菜又大又老，看上去一点儿也不新鲜。末了，还在面铺买了烙饼。驸马知道，好的烙饼要用鸡油，烙出来外皮焦脆，内里泛着薄薄的油光，白里透黄，能分出十数层；入口咸香，细嚼有回甘。这面铺买的饼哪能吃啊？要说公主买的东西哪比自己强，那就是真便宜，连砍价都省了。两人一言不发，大踏步往家走，越走越快，路过的人还以为是竞走队在体罚学员呢。

到此为止，便是驸马爷当天全部威风的终结。每讲至此处，驸马爷定要长叹一声，然后摇头道：“威名扫地啊！”

公主开始做饭了。虽然说只是要炒饼，但从打公主在楼下买了烙饼，驸马就不敢小瞧她了。因为她买的是烙饼，而不是现成的饼丝。把烙饼切丝这一关立刻就能见功夫。只见公主抽刀在手，气定神闲，左手把烙饼一抖，饼就以绝好的角度平铺在案板上。公主下刀时，更不多言，刀起不过三分，刀落之处，绝不拖泥带水；

所切之丝，长短粗细无一不谐，切速之快，白光一片，令人咋舌。光是看切饼丝，驸马就出了一身的透汗。

接下来是切肉和切菜。驸马做了这么多年饭，中西烹饪各种技法不说样样精通，看总是看过的，却没有见过这种刀法。公主使切肉刀，左手按肉皮，右手持刀由左臂下穿过，反亮刀刃向右片出，所过之处，皮肉分离，简直匪夷所思。切菜时，去根去蒂，两刀四块，然后竟双手持刀，双刀齐下地切起圆白菜丝来，切得既快且齐，不用手扶，也并不像常人切菜时叶子帮子乱溅一番。

至于怎样点火，怎样架锅，驸马爷说他记不清了，我看他是不愿意回忆了。他只说，公主以一条纤弱的左臂，端起炒勺毫不费力；动作大气磅礴，纵横捭阖，一股霸气源源不断地涌出，逼得人节节后退。普普通通的煤气灶，也突然变得像鲁菜馆后厨的大灶一样赤焰翻飞；在那腾跃的火苗之上，一把炒勺搂、挑、翻、盖，各色作料以精准的时机下锅，转瞬便激出一股令人感佩得快要落泪的香味来。

不多时，一盘殿堂级的炒饼出锅了。

细看这盘炒饼，饼丝柔韧而有焦香，肉丝细嫩而不丢原味，圆白菜爽脆而不失其形色；整盘炒饼均匀地裹着一层不腻人的薄油，如同上了厚润的包浆的玛瑙。饼菜均有肉香，而肉不柴不焦，菜不塌不烂，通体散发着一种令人眷恋的味道，使人联想到落日、炊烟，和孩子们回家的急切跑步声。这盘炒饼，无论从技法上，难度上，工序条理上，烹饪逻辑上，营养科学上，品鉴口味上，都是令人老泪纵横地忍不住大喊“太牛×了！！！”（必须是三个感叹号）之无上圣品。

更了不起的是，公主做完饭，气不涌出，面不更色；台板上整齐有序，没有一丝一毫浪费多余之物、残丝败叶之流。就连那块儿整体分家的肉皮都有用，肉用来擦案板，据说是为了取其自然之味。“挑带皮之肉，”公主说，“必须看皮肉之间有没有黄点。有黄点的，谓之‘夹汗猪’，腥臊不可用。”整个烹饪过程，只用了两把刀，一把大勺，一个碗。驸马回忆说，同样的菜色，他做完则需要摆一桌子碗，这是他们江湖高手的臭毛病。

后来，公主家里依然是驸马做饭。驸马每问时，公主必答“不会做！”便斜斜地往沙发上一卧，嗑瓜子去了。那一场如梦似幻的炒饼，再也没有重现过，驸马也没能再吃上一顿。

我虽然说得这样热闹，但并没有领教过炒饼公主的厉害。我本人，如前所述，对炒菜做饭并无嗜好，所以所谓“领教”，就是吃的意思。由于驸马爷心灰意冷（据说那盘炒饼，驸马只吃了一口，便哭得吃不成饭了），在他面前，这件事似乎是少提为妙。所以如今要想领教炒饼公主的高妙，必须由公主本人处下手。作为一介草民，别无长技，只好把公主的神迹写进书里，传扬四方。说不定哪个电视台的老师读了，请公主做个节目，我作为介绍人，怎么也得陪同参加。我别的不图，节目组的盒饭我也看不上，只求作为节目现场品尝炒饼之第一人，足慰平生。

/ 笑的观察 /

我花了一周时间观察笑。其实这个想法已经产生很久了。

第一个观察对象是周二下午散步时遇到的小姐妹。一年前来这里上班时就看到过她们，当时其中一个脚受伤了，缠着厚厚的绷带，另一个每天都陪她散心。那天下午遇见她们时，其中较胖的那一个正讲一个简短的笑话。讲完，另外一个女孩开心地大笑起来。与我认识的许多女孩不同，她笑得十分爽朗，不用手掩嘴，也不低头弯腰，想怎么笑就怎么笑。一笑，云彩就裂开一道缝让阳光投射下来。

我开始观察她笑完之后的样子。人在大笑之后总会回到平常的表情，不管笑得多开心。但是这需要一个过程，而不是像机器一样从“笑”的状态跳转到“不笑”的状态。我不失时机地按下手表上的按钮计时，一面用眼角看着慢慢走过的两个女孩的脸。

7秒之后，她的笑容变换到一个可称为“微笑”的状态，眼睛弯成两条好看的黑线。大概因为心情好，这个表情一直保持到她们走出我的视野。

第二个观察对象是公司的保洁阿姨。我上完厕所出来，在洗手池的镜子里看到她靠着墙在打电话。不知另一端说了什么，她突然呵呵笑了起来。我洗完手，尽量自然地从镜子里看她的脸，心里默默数着。7秒之后，她换上“微笑”状态，继而恢复到正常的脸。

接着我又在开会时观察了一个同事。开会时为了让气氛不像因为遗产纠纷闹得不可开交而走上法庭的亲兄弟那样紧绷绷的，我们常常会开一些其实非常无聊的玩笑。放在平时根本不值得一笑。但是在会上，大家对此都有着十足的默契，一个人说完，所有人便开怀大笑起来，我赶忙计时。4秒。4秒之后，几乎所有人都恢复了常态，甚至没有经过“微笑”的过程。就像揪住鬓角的短发横向一扯那样换了张脸。

在咖啡厅看书的时候我又观察了邻桌一位老总模样的中年人的笑。他的笑声刚劲有力，哈哈几声笑罢立即收场，恢复到沟壑纵横的一张老脸。那是一张经常向许多人发脾气的脸。大概因为太常发脾气，他的笑只能持续3秒钟。而坐在他对面的年轻人——我估计是个销售——则可以持续17秒。在我看来,7秒的笑既不做作又不谄媚；4秒的笑太过敷衍；10秒以上的笑要么是太开心控制不了，要么是谄媚。

最后我在家里观察了妻子的笑。“我现在在韶关。”她在电话里说，“南华寺门口，这儿很吵，一会儿再说吧！”如此一来，我当然只能观察墙上的照片。照片里她把嘴角向上提起5毫米，艰难地保持着那个表情。她的眼睛大而明亮，笑的时候，下沿水平，上沿则弯成一条圆润的曲线，整个看上去像某种常见的草叶。

她的笑持续了很久很久，一直不消失，让我无从分析。我把擦鼻涕的纸巾揉成一团扔到她脸上，她依旧嫣然微笑。

/ 一个人吃面 /

楼下有家面馆，我一个人吃晚饭时，大多在此打发。便宜，面很一般，但灯光着实透亮，让人心里舒服，所以常来。来得多了，发现来吃面的有不少是独自一人。一个人来吃面，俨然一种仪式，似乎吃面的流程、内容、姿态、表情都是规定的。“服务员来碗小炖肉海带卤的不要香菜！”往桌上排出十块大洋，然后从筷子笼里抽出两根在桌上戳齐，或左顾右盼一会儿，或看手机，接着面来了，闷头便吃，吃完就走，连餐巾纸都很少用。大抵如此。

一个人吃面的人，很少点凉菜。就是一碗面。但凡三两人一桌，除了面总会点些姜汁松花蛋、五香豆腐丝什么的，而一个人吃面则不点，活像苦行僧。不是吃不起，不是不爱吃，也不是吃不下，就是不点。这是仪式的一部分。

另一部分是结账。仔细看来，一个人吃面的，包括我在内，很少用大钞，亦绝少把钱好好交到姑娘手里，都是扔在桌上，这个动作总是气鼓鼓的，好像吃这碗面的钱要了谁的命。其实我们都知道是在生谁的气，没有人想一个人吃面，尽管习惯了以后也可以说服自己这是一种享受。面里即使有根头发，拣出来扔了便罢，多的话一个字都不想说，就是吃。因为一旦说话，就不是一个人了。说穿了，一个人吃面的人，大概认为自己——至少在今晚——必须是一个人。

这心理其实跟在胳膊上举刃自残的小女孩差不多。——我很惨，这是你造成的，因此我必须对得起我的惨，但我又不能让你知道。于是我一个人吃面，不点凉菜，不要啤酒，不吃烧烤，不跟谁说哪怕一句多余的话，以保证彻头彻尾的孤单，不然怎么对得起你辛苦抛下我一个人吃面？但这一切只有我知道，你是不知道的，你这时正在大吃大喝，或刷信用卡，或举着麦克风大唱“想你时你在吃面”。如同小女孩不会给你看胳膊上的伤，只是沉迷其中。

圣诞前夜，我一个人去吃面，邻桌有个大爷也是一个人。他违反教义，公然点了一桌吃的：酸辣笋尖、芥末黑木耳、酱牛肉、老醋花生，削面一碗，米酒两坛。因为是陆续点的，他没有像教义中要求的那样点完就把钱扔在桌上，而是默默地吃干喝净，然后叫来服务员结账。

这时服务员说：“有人给您结了，刚才出去的那个小伙子。”大爷惊道：“为什么？”服务员告诉他，小伙子觉得他圣诞节一个人吃饭很可怜。大爷一拍桌子：“开什么玩笑！”抓起帽子就追了出去。

在我看来，大爷可能不太习惯这种古典浪漫主义的剧情；此外，他觉得自己辛苦经营的一个人吃饭的孤独氛围被破坏了——有人替我结账算什么一个人吃面？看他点那么多东西，又没扔钱，显然是个新手。所以这第一次对他的意义非同一般，也难怪他把手套丢在桌上就去追人了。

我吃着小炖肉海带卤刀削面，产生了一丝孤独上的优越感。

/ 格物致知 /

杨绛在《我们仨》中讲到钱钟书带着她跟女儿在饭馆吃饭时“格物致知”的事，说连圆圆头都懂得格物致知了。所以在饭馆吃饭偷听邻桌说话就是我对这四个字的全部肤浅理解。王阳明什么的我可不认识。如果我拿出足够的坦诚，即使我把我理解的“格物致知”解释成听窗根儿也并不夸大。因为我就是这么理解的，而且发自内心地热衷此道。在公共场合若无其事地偷听他人谈话，本质上跟农村妇女和坏小子在窗台底下偷听小夫妻聊天没什么区别，且更安全。我每到饭馆酒肆，尤其咖啡厅，都必“格”上一番（即偷听一通周围人的谈话），乐此不疲，并从中获得了大量的知识、故事，以及——用时下流行的说法——负能量。这是无法可想之事。农村妇女听窗根儿时，听到小夫妻正好在背后骂自己的可能性极大，而在咖啡厅偷听陌生人聊天则没有这个风险，已经算好得多的待遇了。所不同的是，陌生人的生活轨迹自然也是陌生的，要想听得兴味盎然，还得格物致知，进行一番推理分析才行。

举例来说，当隔壁的桌上坐着一位眼睛小得令人联想到深海怪鱼的男士时，我便产生了格物致知的兴趣，这是因为我经过极快速的推理得出：长成此等相貌之人，对面又坐着一位妙龄少女，且正以无限崇敬的眼神看着他，想必其谈吐阅历相当不凡。我觉得，光凭长得像深海鱼是泡不到姑娘的，我有个朋友，长得简直像一种带有拟态功能而变成了礁石的深海鱼，他今年三十了，依然单身。于是我便把耳朵转向这位男士，听他在谈人生时谈些什么。

这是一个冬天的下午，咖啡馆的玻璃上蒙着一层如梦似幻的雾，外面的一切都像是大光圈镜头下的焦外散景，给人温暖舒适的印象。但实际的感觉并非如此。这位先生一开口，室内的温度就持续下降。这是因为他在讲佛法。我开始听时，他正在讲冥想的意义；接着讲到了佛珠，说着举起手腕给女孩看，手腕上戴着一串红木手串。经过格物致知，我确认此物绝非佛珠，但女孩茫然不觉。后来又讲到皈依佛门之人的清规戒律。讲至此处，只说完了一个杀戒，便卡住了，真让人着急。不过他的应变能力不错，没有冷场，因为他马上就接着开始讲吃肉的问题："吃素若能成佛，牛羊皆可成仙。"这两句话我在郭德纲微博上看到过，看来他还上微博。接着他开始说他不吃鸡肉，除了炸鸡；不吃羊肉，除了羊肉串；等等。这时他的手机响了，挂掉之后他对女孩说："这铃声是现在最流行的，叫'江南死带偶儿'。"那个儿话音非常微妙，令人自愧不如。

遇见这种对象，我其实并不想格出什么知来，只是单纯对人类的多样性感到好奇。每当此时，我都假装看书，而我的目光实际上总在一行之内来回扫视，因为我根本看不下去。每过几十秒我还得翻一篇，否则遇见反侦查能力较强的对象容易被识破。咖啡馆是个格物致知的好地方，因为这里能将人的多样性表现得淋漓尽致；但又存在着一定的风险，因为来咖啡馆的人多少都带有一些表现欲，喝咖啡的过程也或多或少掺杂着表演成分（或曰在表演成分中掺杂着别的，比如看书）。表演中的人都敏感脆弱，要是被他们发现你在偷听，笃定恼羞成怒。这种恼羞成怒十分微妙：他们其实希望你在听，但又都不能表现出来。所以如果你手里有书，你得翻页；你面前若有电脑，你得打字：此乃游戏规则。

咖啡馆里的人，相比他们面前的谈话对象来说，可能（至少在潜意识中）更关注咖啡馆里的其他人是怎么看的。这一点从他们打电话时便能看出：表情丰富，肢体语言夸张，内容炫酷万状，不是投资就是上市。挂电话后，除了向同伴道声抱歉外，往往还要摇摇头，表示根本不想接这么无聊的电话。

另一侧的四人桌坐着三个人，一听就是同行，搞IT的。这便容易格得多了。其中一个人是甲方，另两个人一个是设计师，一个是做产品的。这个做产品的长得特别像秋田犬，十分和善，但谈起话来完全相反，铿锵有力、咄咄逼人，越说声音越大。我特地上网了解了一下，果然发现秋田犬只是看起来和善，其实攻击性非常强。他们要做的产品是一个在手机上玩的俄罗斯方块。“秋田”手舞足蹈地讲述俄罗斯方块的前生今世，以及它为什么有永远挖掘不完的魅力。大部分内容来自大约十五年前我在杂志上看过的一篇文章。奇怪的是，他讲到后半段，话锋一转，开始讲在现今这个时代做一款俄罗斯方块是多么愚蠢，并举出大量的证据，把对面的甲方训得坐立不安。

这三人是我在咖啡馆格物致知时最常遇到的一类组合，我称之为“普通逻辑课都他妈白上了”类。试想，每个人坐在咖啡馆里，喝一杯几十块钱的咖啡，消磨一下午的时光，或多或少都有点目的。比如我的目的就是赶稿与格物致知兼有。甲方约见乙方，目的是花钱请他们做一款值这笔钱的产品；乙方的目的则是拿到这笔钱，而不是给甲方上课。现在，甲方想花钱做一款俄罗斯方块，而乙方已经给甲方上了一个小时的课，告诉甲方他是个傻×，双方竟然还其乐融融。

在“普通逻辑课都他妈白上了”类中更常出现的是投资人和小老板。我认识的创业者都不会穿西服打领带去咖啡厅，而我认识的投资人也不可能屈尊大驾跑出来跟小老板喝什么咖啡。所以咖啡馆里的投资人和小老板是另一个世界的投资人和小老板。有一回我听见一个老板给投资人讲他的项目，差点儿报警了。因为那是一个“意念力培训班”，收钱教给学员如何用念力拧勺子，后面还有刀枪不入云云，听起来简直是传销和邪教的结合体。而那个投资人看起来活像房地产中介里常见的那种临时工。他的西服太不合身了，肩膀明显宽出了许多，从后面看令人无法不联想到《傀儡主人》里面被外星生物寄生的地球人。他跟意念力大师的谈话，基本上是我说我的，你说你的。两人保持着一种令人敬畏的默契：我先听你说完，并微笑点头，然后我再说。尽管我说的跟你说的完全没有联系，但在必要的时候我还是会用一些连接词，比如“但是”“即便如此”，或是“我完全赞同您的观点”。这种一以贯之的礼节令一切英国绅士失色。我说的都是真事儿，你只要去咖啡馆格物致知一下就能碰到这样的人。享受这种奇妙的乐趣，成本就是一杯咖啡。

在咖啡馆里格物致知，所遇的无非是逻辑崩坏类、表演欲无处排遣类，以及二者的组合。比方说，那位像深海鱼的先生带走了他的姑娘之后，换上了一对年轻的情侣。女孩留比我还短的短发，男孩则梳了一个马尾，为此他特别喜欢摇头。两人就坐没多久便开始吵架，气氛极为紧张。为什么会有人专程来咖啡馆吵架？我猜是问题实在太严重了，不坐下来好好沟通一下不行，而只有在咖啡馆沟通才不至于演变成激情戏。吵架前，两个人竟然还各自要了不同的茶点。俄顷，茶点上来了，女孩愤怒的炮火戛然而止，换上一种拉家常的口吻，问男孩子："你点的是这个？你不是不爱喝这个吗？"而男孩也回了一句："你喝凉的没事吧？"双双确认之后，服务员一走，两人马上又开始交火了。说是交火，其实根本是女孩周身闪着火光和杀意的光芒，以王者之姿持续不断地轰击着可怜的小男孩。（此等在两种情绪状态之间无缝切换的工作状态，我只在电视节目的录制现场和电影片场见过。）男孩面对"某年某月某日你跟谁谁吃饭说了什么还花了多少钱"这样的轰击毫无招架之力，只好频频摇头，马尾一甩一甩，活像一只边境牧羊犬，而女孩则可以比作一只面貌娇好的罗威纳，假设世上有那种东西的话。前些日子我在网上看到一个日本的什么情书大赛，有个五十多岁的参赛者写得颇为传神——我脑袋不好，失其原文——大意如下：假设长了尾巴的话，说来虽然不好意思……但跟你在一起的话，想必会情不自禁地摇起来吧。这情书写得虽妙，却已经拾人牙慧了，因为钱钟书先生在《围城》里对狗尾巴的描述更妙。看到这对小情侣，我立刻想到了这些绝妙的狗尾巴。

我想，每个人身上都有两个自己。一个是真实的自己，一个是自己想要成为的自己。后者总是给人一种狗一样的印象，不管人们怎样包装和修饰它。大家忙了一周，无可奈何、精疲力竭地扮演完真实的自己之后，周末总得找个地方把另一个自己放出来遛遛。这件事需要一个对象和一个有观众的场所。场所自然是咖啡馆比较合适，因为在这里你怎么表演都不为过，毕竟有很多同类和见怪不怪的服务人员在这里。对象嘛，则需要慎重选择，最好能找到一个心有灵犀、需求跟自己相契合的，这样一场演完，两个人的目的都达到了。这不失为一个释放压力的绝佳方式。

这种方式又有点像是小女孩玩儿的过家家：每人扮演一个角色，该角色甚至还带有比较完整的背景设定。大家再商量出一个剧情来，这个剧情只需要有开头，后面就是大家顺其自然地表演下去了。我小时候，街坊的小女孩非得要跟我扮演夫妻，但我觉得窝在父母都不在的家里头玩儿这个蠢极了，我作为一个男孩，就算要玩儿也得有人看着才有趣，否则就好像做了什么见不得人的事情。而女孩则认为这事儿当然得没人的时候玩儿，具有相当的私密性，是两人可以坚守一生的秘密，否则还玩儿个屁呀。而我当时则在想：既然没人看，何不干脆就做些见不得人的事好了。——可惜年纪太小，不知道能做些什么。可见，过家家和喝咖啡唯一的区别就是你现在需要观众了。

前几天我在微博上看见两位咖啡馆老板讨论开店心得，一个说人们去咖啡馆是为了让自己开心，另一个说人们去喝咖啡是因为想要减压。这些人活在天上，开店，却不来听听好顾客（指我而言，笔者注）的真实声音，反而在那里大谈哲学层面的经营心得。要我说，人去咖啡馆只有两个目的：一是演戏，一是看戏。前清有一种子弟书馆儿，八旗子弟自愿交钱上台唱岔曲儿或者八角鼓什么的，下面听的亦要掏茶钱。店主东两头赚钱，但是得提供场地、伴奏和安保等服务，因为常常有唱得太难听的引起斗殴。这大概是卡拉OK的前身，但开咖啡馆的也不妨研究研究，怎样针对这两种用户需求提供个性化、人性化的服务。像我常去的这家就很好，因为他们在六张四人台和两人台所环绕的一个角落里放了一张单人桌，坐在这里，大半个咖啡馆尽收眼底，且有着奇妙的收音效果：在嘈杂的人声中，你看向谁，就能立刻清楚地分辨出他的声音，真是棒极了。

我在南城的一家很大的咖啡馆坐过一次，简直糟糕透顶——他们竟然给客人提供一种可以推拉的屏风，这不是疯了吗？客人来这里就是想让别人听见他们聊什么，我拿人格担保——尽管我的人格也不怎么值钱。你若不信可以去观察：假设你们是开门第一桌客人，则第二拨客人来了肯定在你附近选一个桌子，最多隔一桌，而不是去偏远的角落拣个齐楚阁儿坐下。此乃本能驱使，不然他们来干吗呢，喝四十块钱一杯的袋泡茶吗？而那家店竟然提供一个推来推去的屏风，里面的人一下子没了观众，外面的人也没法格物致知，还会忍不住把里面想象成一个切痔疮手术的血腥场面。想到此处，笔者写不下去了。

在路上>>>

/ 打苍蝇的上官阿姨 /

我常去的4S店附近，一家中式快餐店的老板最近上了火。对面的一片老房子拆迁，住户们气鼓鼓地搬走了，留下一顷地的垃圾：床垫子、煤气罐、花儿、盛满活金鱼的鱼缸、大瓦盆。连猫狗都不要了，就差把孩子也扔这儿了。猫狗中的大半难免饿死，这么一来，周围的苍蝇一下子多了起来。快餐店的玻璃窗上永远趴着十来只，打完一只来一只，就像有一条无形的流水线在哪里以销定产地生产苍蝇送来一样。

前几次去时，老板总在门口打苍蝇。看见客人来了就笑脸相迎："欢迎光临！"伴随着不得了的嗡嗡声。有时一开门，苍蝇便跟着蜂拥而入，阵势颇为了得。服务员拿起苍蝇拍就到处拍打，有几回甚至把苍蝇拍落在客人盘子里。

距离入冬还有一阵子，生意看来是好不起来了，老板愁眉苦脸，蹲在门口抽烟，烟头上恨不能都落个苍蝇。

昨天去吃饭时，我大吃一惊：苍蝇没了！倒也不是说绝对的没了，但确实少了九成，只能偶尔看见一两只远远绕着圈子，不敢过来。只见门口的台阶上，一位胖大的阿姨负手而立，一派大宗师风范。她二目微睁看着远处的废墟，好像那里有位正在运功的绝世高手，而且不管他怎么运也不是对手的样子。见我来了，大妈也不开言，只是微微把圆润的身子挪了挪，让开一道门缝让我挤进去。不知是不是店里的人。

店里一只苍蝇也没有。这给人一种从光滑的黑漆钢琴表面拂去一层灰尘的感觉，整个店面都闪闪发光，连灯都明亮了。我点了红烧肉盖饭、姜汁松花蛋、酱皮冻，要了碗紫菜蛋花汤，老板坐在我旁边的桌子上剥蒜。

“老板，大喜了！”我拱了拱手，“苍蝇都没了，什么妙计奏此奇功？”

老板呵呵笑着，拿蒜头指了指门外的阿姨：“我请了个高人！远近闻名的上官阿姨，听说过没有？”

我摇摇头，眯起眼睛看那位上官阿姨。透过玻璃门，看见她背着的手里捏着一柄苍蝇拍。这拍子相当特殊，木头柄小指粗细、油光铮亮，上着一层有年岁的包浆，紫红紫红的；拍子也是红边儿，内中镶着黑纱，整个拍是个中国结形状的。上官阿姨的食指敲着木头柄，拍子啪嗒啪嗒地微微碰撞着玻璃门。

“嚯，什么来头？”我来了兴致。

“咳，也没什么来头，其实就是个首钢的退休工人，原先是食堂的。”老板剥着蒜，手法其实也堪称一绝，“在食堂的时候就天天打苍蝇。退休以后家里开了个饭馆，可是附近有条臭河，到了夏天苍蝇很多，她就干脆让老伴儿管生意，自己专门打苍蝇。结果越打范围越大，最后早晚遛着弯地打，把方圆几里地的苍蝇打得魂飞魄散。”

“好噶喔（好家伙），”我含着一口红烧肉，有点烫，“昌蝇花吼啊（苍蝇杀手啊）！”

“后来社区里其他的饭馆就请她来看门。她上下午打苍蝇，中间儿也管收收盘子碗、擦擦桌子。其实她来了以后苍蝇就见少了，没什么可打——”

正说着，上官阿姨出手了。活苍蝇是没看见，只看见红光一闪，上官阿姨更不转身，反手挥出一拍，电伸电缩，“啪”地打在玻璃窗上，整扇窗户似乎都晃动了几下，向内凹了进来，看得人直眼晕。

再看时，阿姨已经恢复了背手站立的姿态，玻璃上则留下了一个模糊的黑点。风一吹，黑点就掉了。

我把筷子往饭里一插，推开门缝挤出来。“阿姨您好！”我哈腰道，“您抽烟？”

上官阿姨瞥了我一眼。“不抽！”说着右手一弹，我也没看清什么，就觉得眼前一红一黑，一只苍蝇落在脚下。无量天尊，凌空虚劈也能打死苍蝇？

“您给店里打苍蝇，老板给您多少钱啊？”

“一天五十,三遍饭两遍茶，现打不赊。”

“这可不多啊。”

“手艺人挣钱但求不亏心！”

“手艺？”

听我这么一问，阿姨一瞪眼：“啊，怎么着？别看不起打苍蝇的！”说着，拍子一抖，在我耳根台扫过，一声脆响带着回音，带走了一只冤死鬼，“你听说过杀猪宰羊的屠户吗？”

“听、听说过啊！”

“你觉得他们算手艺人吗？”

“大概算吧……可是杀猪宰羊的工艺很复杂啊。”

“那都是次要的，”阿姨说着，缓缓摇了摇头，闭上眼，“真正厉害的是心。杀心！”

“……”

“杀猪的杀得多了，猪见着他就往后缩；宰羊的宰得多了，羊见着他能上了树；打苍蝇的打多了，苍蝇不敢近老娘的身。”说完，阿姨闭着眼睛，双唇微微抖动着念叨起来，听不清是什么。念了两句，她突然睁眼大喝一声：“近我者死！”一只飞近的苍蝇应声而落，抖了两下不动了。然后阿姨又开始念经了。

“阿姨，您念的这个是啥？”我鬼鬼祟祟地问。

“金刚经！”阿姨说着，冲西拱了拱手：“我们祖师爷樊哙老爷传下来的规矩，杀生要念经！”

樊哙怎么成了打苍蝇的祖师爷了？樊哙那时候哪有《金刚经》啊？我这么想着的时候，上官阿姨扫了我一眼，迈开步子过马路去了。马路对面就是那片废墟，上面盈盈扰扰飞着一万多只苍蝇。上官阿姨甫一靠近，那些苍蝇竟轰地飞散开去，然后又往回撞，在距离上官阿姨一丈远的地方围成半个规整的圆，黑压压的，煞是壮观。上官阿姨右手执拍，挥到左肩后，道声：“去！”然后用尽力气向右猝然挥出，划了一个半圆。只见那群苍蝇像被农药喷了一样，猛然拧成一股黑绳，转着圈向远处飞去，其中一少半落在砖缝、鱼缸、大瓦盆里，死了。

/ 档案与灭绝师太 /

来说说档案的事儿。我长这么大，头一回见着自己的档案，这是一份多么神秘的东西啊。沉甸甸的，很厚实，贴着封条的牛皮纸信封的手感让人想起中学课文《一面》里那个买不起书一个劲拿手摩挲封面的屌丝。封条也很威武，绕信封一圈有余，上面还有两个圆圈，活像个符，能驱鬼的样子。

当然了，你再怎么摩挲，也不会有人随便把档案给你。要拿到这份神秘的东西，简直太费周折了，其费周折的程度简直到了我都懒得写出来的地步。我们知道，档案这东西分为个人的和集体的，个人的又根据你的身份分为毕业生、教职工、工人农民解放军什么的。这是我胡扯的。我不知道解放军有没有档案。就我个人而言，我的档案一直存放在一个叫什么中心的绝密所在，而这是我毕业九年以后才知道的。

我从学校摸起，挨个打电话。就像——就像我一时想不起名字的一些冷硬派小说里，或是村上春树的什么作品里那样——“我打了几个电话”，就这样子找到了这个绝密机构。实际上电话非常难打，每次拨通都觉得对面就是上帝，说话不但得谨小慎微，还必须抓紧时间，因为电话随时可能断掉，或被挂掉。

然后我开车去找这个机构。从地址看，它在一个大学里。我把车停在路边，谦恭有礼地问保安大哥，答：“穿过去，往东！”我遂依言前往。这是一个着实小得令人咋舌的大学，比我的母校还小。比我母校还小的大学也敢叫大学吗？也许是因为院子里有这么个牛×机构？这么想着，我不觉已经穿过校园出了东校门。神秘机构位于我的左手边，根本不在学校里。它在一个超市和一个垃圾站中间。

神秘机构有一拉溜五间门脸，办档案的在最南边一间，但五扇大门里唯一没锁的是最北边那扇门。绕进去后，竟然是一个会场，大概是刚开完招聘会什么的。地上全是可疑的纸片，无数个展会上常见的标准摊位，一排排一列列地把场地分成了无数格。从格局上看，分休、生、伤、杜、景、死、惊、开，其间遍布翻板转板连环板，脏坑净坑梅花坑，且四下里一个人都没有，所有指示牌看上去也一点都不可信的样子（这一点后来得到了验证）。

我从休门进，绕了八道弯，从生门出来，终于看见办档案的柜台时都快哭了。不过，办档案的姑娘还挺漂亮的，就是一脸严肃，面沉似水，给人一种随时会抽出一根拂尘的感觉。我说明来意，姑娘也不答话，劈头盖脸地甩出一沓表格让我填。表格有三页，纷繁复杂，写着写着我感觉简直在写片假名，眼睛都睁不开了。

好容易填完，姑娘略略看了一遍，问我："毕业证、身份证、户口本原件复印件、单位介绍信、派遣证、档案接收单位证明都带了吗？"声音如湖心投石，让人感觉是用胸口而不是用耳朵听到的。我心里一沉：回师太的话，这么多东西，我哪知道呀？"没带全。"姑娘急了："没带全填什么表？早说啊！"然后"啪"地把表格往旁边的一个浅筐一摔，闭目念道德经去了。回去的路上我一直在想：我到底错在哪啦？

第二天我又去了。绕过八门金锁阵，重新跟年轻的师太领了表，开始填。一边填一边想昨天填完被她扔了的那张表的下落。这次我有备而来，东西带得绝对齐全。只见师太用铅笔在我填完的表上画了几个圈，拿着进了带铁窗的里屋；片刻之工，出来抄起柜台上的若干证件又去了隔壁的房间；已而复出，又去了我背后的一个看起来煞是怕人的黑屋子。回到原位时，她手上已经有了大大小小几十张单子、证书、复印件、证明、介绍信、表格。她把这些纸竖起来一戳，一端戳齐，一种神圣之感立即从纸里散发出来。我觉得“一份”这个单位绝对是给档案这种东西设计的。一份。啧啧。师太又拿起两张表格，用铅笔画了两个圈，丢给我。“签字！”她干脆地说，然后又一次进了那个有铁窗的小屋子。

回来时她拿着一个大牛皮纸信封。我看着那个信封，活像一个被派出所通知来认领失散九年的儿子的老头，额头微微渗出汗来。就像我在好多篇文章里写过的，我这个表情如果要拍成电影，必须由宋康昊来演，还原度绝对高。

师太头也不抬，“啪”地从柜台上扯走了我签过字的表格，往手里的那摞纸里一插；接着打开装档案的信封——那么随意地就打开了——抽出更厚的一摞纸来，一张一张地看着。我瞟了一眼，上面有小学、初中、高中什么的。每一张看起来都是我人生的一部分糟心的内容，但师太看得极快，刷刷刷，刷刷刷，也不知道是看格式还是看内容，抑或是走形式。看罢一遍，她不假思索地抽出几张，跟新到手的那一叠放在一起，抄起订书器啪啪啪地打了几个钉，欻欻地走出屋子，花了四十二秒带了一份复印件回来。这里有阿姆斯特朗蒸汽回旋复印机吗？我正想着，又一沓表格丢在我面前，上面需要签字的地方依然画着圈。

看起来，只要柜台外面的人智商不算太低——例如我——师太办完整个流程根本不需要说一句话。她跟你交流的唯一手段就是扔，跟你沟通的唯一工具就是铅笔画的圈。就连最后交费都是一样：扔给我一张交费单子，上面清清楚楚写着金额，画了个圈。然后她敲了敲窗子，那里贴着一张纸，纸上画了一个箭头写着“交费处”，下面有行小字：“不能刷卡。”我按箭头去找，顺利地进入了锅炉房。正在喝茶的保安大叔笑呵呵地、熟练地指了指斜对面。这儿的人都不太爱说话。

末了一个工序是贴封条。师太从一捆封条上气吭吭地薅下一截，撕下背贴，啪地按在纸袋上。这个动作表示她根本不需要确认袋子里的东西对不对——绝不可能出错，用毕生修为担保。砰砰砸上两个红章，神圣的仪式感油然而生！我颤巍巍地接过一看，上面写着“档、案”。当然没有中间那个顿号，但你脑袋里就是会顿一下。档、案。没有这东西，你生不了孩子，买不了房子，退不了休，说不定还不能随便死。档、案。一份。

我翻开单位人事部门给我的档案接收表格，发现上面还有一个章没盖。“请问，”我极尽谦卑，“这个章您是不是给盖一下？”

师太白了我一眼。“不用盖！”她说。

墙上的秒针嗒嗒地响着。时间不准。不过也不差几分钟，反正已经快到吃饭的时间了。师太总是生气大概就是因为这个。

已经有一段时间没人说话了。我有点胆怯，但最终还是鼓起勇气又问了一次：“这上面写着，原存档单位……”

“不用盖！”这次师太用了三成内力，我的耳膜有点发痛。

这个章很关键，没有就不能接收档案。我实在想弄清楚到底是谁错了，反正肯定不是我。但是师太的气势实在太足了，吓得我汗如雨下。我浑身颤抖着，鬓角不断渗出汗水，手里的档案袋也拿不稳了。嘴里又干又涩，耳畔轰轰作响。我觉得我再敢问一句，很可能头盖骨上就会多出五个血洞。想至此处我忍不住看了看柜台上的隔断，只有铁栅栏，没有玻璃，太危险了。怎么办呢？我抖着双腿站了半天，嘴里咕哝着想说的话，又不敢太大声地说出来。最后我鼓起毕生的勇气，用平时说话一半的音量和速度，尽量缓慢而谦恭地说：

“你他妈有病啊？我问你用不用盖了吗？不用盖我后面的事儿怎么办啊？你是不知道，还是不愿意说，还是不会说人话啊？你后头墙上那张红纸上头第二行那个‘服务热情表达清晰’你认识吗？”

你知道，人受了极大的惊吓之后，精神多少都有点不正常。

这个状态持续得有长有短，我大概持续了二十分钟之久。到后来我拿着盖了章的证明（确实不是在表上，而是单独一张证明）开车上路的时候，我的汗还没干呢，简直像只滑溜溜的水獭。也不知道我最后的话是不是太不低调了，总之出来一个师太的师父一样的老师太，及时挡在年轻师太前面，救了我一命，说了些客气话，还给了我这张证明。我摸摸没有五个血洞的天灵盖，死里逃生，惊魂未定。这个机构我以后再也不敢来了，大家引以为戒。

/ 铁腿马三义 /

话说公司有一位客服妹子，长相一般，但身材极好，声音也甜美。我们公司当时是做网络游戏的，客服妹子的工作就是接听愤怒的玩家打来的电话，和解决愤怒的玩家提出的问题。在一个漫长的夜班之后，天刚破晓，这位妹子拖着疲惫的身躯走出大厦，准备坐上男朋友的车，回家去睡一觉。结果男朋友迟到了。我们知道，谈恋爱时迟到是很致命的，尤其是女孩子又刚刚下了夜班。更要命的是，偏偏这天出了事。几个愤怒的玩家，抱着不可告人的目的，在楼下的过道里偷袭了这位妹子，把她团团围住。这可是首都北京的市中心，因此愤怒的玩家们也并没准备把妹子怎么样，可能只是打算动动手脚占占便宜，再顺手抢点钱，毁个容什么的。

那个挨千刀的男朋友恰逢此时出现了。后来这件事被传出那么多版本,究其原因皆在于这位男朋友太过神勇,孤身干翻了六个,其中两个伤势很重，有一个骨头都碎了。至于碎的是哪里的骨头，并不重要，总之这怎么也称不上是正当防卫了。

后来，公司来了个警察，姓马。其时我只是个小主管，但客服部的经理正好刚刚离职，便由我来接待这位马警官。估计他实际上并不是什么警官。警察体系那一套警衔，我是一直弄不清楚的，但直到后来我对他有了相当深的了解时，他还是个骑电动自行车上班的。我觉得凭坐骑判断一位武官的阶级还是比较科学的。但是当时我们都叫他马警官。

马警官四十来岁，脾气极好，说话极慢，走路极稳，总给人一种人立起来的巨大乌龟之感。当时我想，他这慢性子大概是只能负责走访、摸排、做口供之类的工作的根本原因吧。但是很快我就知道我想错了。

首先错在他根本不是来录口供的。我从小到大非常之乖，所以从没进过什么派出所，也不认识警察。在我的印象里，警察上门是很可怕的事情，但公司出了客服妹子的事情后我才知道，录口供做笔录都是你要去派出所里做的事，人家才不会上门伺候咧。

当时马警官来公司，一是想了解妹子那位很能打的男朋友的情况，因为他跑了，找不着了；二是跟我们老板聊天，因为他们是很好的朋友，且老板办公室里有极好的六安瓜片。

我的另一大错便是马警官的业务素质和工作内容。那时候，老板经常请我品茶谈心，对我相当器重。一次喝茶时聊到马警官。我说，这个马警官总是这么慢吞吞的，要是走在街上看见个抢包的，大概唯一能做的就是去安抚一下受到惊吓的当事人吧？老板闻言，放下茶杯，瞪着眼睛看了我好半天，好像我说了什么天理难容的事情。老板问："老马的事情，我一点都没给你讲过吗？他以前可是号称'铁腿马三义'的啊，厉害得很！亏你还是本地人，没听说过吗？"我目瞪口呆，觉得这么江湖的事情发生在现代化大都市里未免太传奇了，因此没有搭言。老板叹了口气，看了看表，说："走，下楼吃饭，给你说说老马的事儿。"那口气郑重得像讲他祖宗的事儿一样。

这便是我第一次听到马警官的名字的经过，还是带着匪号的。

马警官年轻的时候是个急性子，脾气很坏。这真难以想象。在警校的时候，因为打了同学，差点儿被开除了。但是最后的结果却出人意料：被他揍的那个同学被开除了。这便是世事难料。据马警官自己描述，这件事是这样的：上警校时，有一门格斗实战课。班上有个虎背熊腰的学员，姓牛，人称“牛头炮”。此人绝对是个警痞，或曰“准警痞”；他的嗜好之一就是打人，除了教官以外，什么人都敢打。实战课上，教官教了个过肩摔动作，要求学员分组实战，并且教官特别嘱咐了不下十次：一定要做好保护！这个摔法在落地的时候很可能造成颈椎骨折，所以课上演练时要有个手托后颈的动作来保护受方，防止受伤。

像牛头炮这种人高马大的学员，这个摔法简直是量身定做，所以他过于全情投入，忘了做保护动作，这是牛头炮自己的解释。总之，被他摔了一下的那个学员在床上躺了一年，后来也不过是能勉强走路，走起来跟乌龟一样，一探一探的。这个倒霉蛋是马三义的好哥们儿。性如烈火的马三义当即爆发，冲上前去要把牛头炮的脖子扭断；牛头炮当然也不示弱，梗着脖子瞪着眼，说：“你来，你来。”

后来两人被教官劝住了（可见警校的教官才是世界上最可怕的角色）。马三义跟着救护车去了医院，牛头炮当然吃了禁闭，挨了处分。经过学院协调，经济上的赔偿大概比较到位，事情也并没有过分扩大。但学员之间总好像有一种奇怪的气氛，混杂着兴奋与恐惧，感觉马三义和牛头炮必须干一架。这种气氛积聚了两个月，终于在篮球场上爆发了。怪异的是，马三义此次出师，并非是因为自己人跟牛头炮正面冲突，反而是为了隔壁的一个什么农学院的学生出头。这显然是蓄意的。

当时，这两个相邻的学院经常抢夺有限的球场资源。据说如果牛头炮带着人到了篮球场上，不管有多少人在打都要赶走——喝一声："你们是哪个院的？"一般无人搭言，悻悻离去也就罢了。偏偏出事那天来的是一群兽医专业的。牛头炮一问"你们是哪个院的"，只见对方为首一人身高足有一米九，声若洪钟地答道："老子是兽院的！"

像这种愣头青，每年都会出现几个。一般来说，打群架反倒出不了大事，因为大家心里想的都是"自有高人强出头"。警院这一帮跟着牛头炮的学员，思想觉悟比这还要低，他们想的是：自有牛哥强出头。所以他们连打都不打。每次闹事，都是牛头炮一个人上去，一拳干倒对方领头的，剩下的基本就一哄而散了。

这次也不例外，一米九的兽医缺乏专业训练和实战经验，等马三义赶到时，已经被按倒在地打得没鼻子没眼的了。马三义见状大怒——而他其实并不知道牛头炮正在打的是谁——他冲上前去，飞起一腿就把牛头炮踹翻了，如同踢倒了一个巨鼎。此后经年，警院内都传扬着马三义威力无边的一腿，以及牛头炮滚倒时的狼狈相。当时，在场所有人皆使用了不同的感叹词，但大意相同：这回事情可大了！因为他们都以为牛头炮会站起来反扑，而从未吃过亏的牛头炮，一旦恼羞成怒起来，这反扑的一击势必刚猛无比。

没想到，牛头炮倒下以后，好久都没能爬起来，还发出了没出息的“哎哟”之声，惹得围观学生中不少人发出了哄笑。此即人之恶。

至于后来为什么会变成牛头炮被开除这样一个奇妙的结局，马三义自己也说不清楚，大概是那兽医伤得太重了吧。马三义自己则一个处分都没有，连口头警告都没有，他把这解释为“人缘儿”。

据说，在马三义毕业的那个年代，还不用考公务员自谋生路，只要能毕业，就能干警察。所不同的只是管界地段有好有坏。据说，当地的派出所里，管新来的毕业生叫“青头”，其中性情生猛、能打能扛的叫“黑头”，体力好、跑得快的叫“铁腿”，马三义就被归入了“铁腿”这一堆儿。对他来说，这也许有点不公道，要论能打的话，当期毕业生里恐怕他也是难逢敌手。可能老警察怕这种在学校打伤过人的，上一线容易惹事儿，何况打自己人是大忌讳，不管你有什么理由都不行。反正，马三义开始当上了户籍警，这真是滑天下之大稽。

但是马三义本人对于他被归到“铁腿”一类倒并不反感。一来他学散打时着重练腿，腿上的功夫非比寻常；二来他还有另一手绝活，那就是能跑。

在警校的体能训练中，跑步是最基础的一项、最繁重的一项，也是偷懒的人最多的一项。马三义深知跑步的重要性，在这一科目上从不偷奸耍滑。古人云：“兵之情主速，乘人之不及，攻其所不戒。”《宋史·岳飞传》载，岳飞非常注重跑步训练，“课将士注坡跳壕”，其中所云之“注坡”，大概就是现在体能训练中的爬坡折返跑。这是非常折磨人的一种练法，马三义尤长此道，锻炼出惊人的爆发力。而耐力方面，他也是一等好手。戚继光在《纪效新书》中说：“平时各兵须学趋跑，一气跑得一里，不气喘才好。”这个要求乍看有些变态，实际上水平相当之低，在马三义看来，跑一里地不气喘形同儿戏。

这种惊人的耐力，在他转正前一个月才得以表现出来。那时他跟一个老片儿警一起下小区，返回时已到傍晚。街头摆摊卖菜的极多，突然人群中传出一阵哄乱，接着一位妇女大喊着“有贼，抓小偷”，挥舞着双臂跑了出来。看见两位穿警服的同志，该妇女便大叫：“抓贼啊！快抓贼啊！”好像面前的两位警察同志才是贼一样。老警察安抚住这位妇女，问她出了什么情况，妇女一指北边，大声疾呼：“一个男的，抢了我的、我的——”就这么我了半天，什么也没说出来。老警察问：“抢了你的包？”妇女点头道：“还有我的车！”

马三义这一年都在走基层，跟居委会大妈谈油盐酱醋的问题，腿脚早就锈出渣来。闻听有贼从眼前跑了，两道眉毛一立，大概问明白车的颜色样式，翻身便追。追了几百米，看见妇女所述之贼，脚下便突然爆发出一股惊人之力，所踏之处，尘沙荡漾、土雨翻飞，瞬间就拉近了和贼的距离。周围的百姓惊了个目瞪口呆，纷纷驻足观看，这一来前面骑车的贼也发现后有追兵了。他本来骑得就不慢，这一惊之下，猛蹬起来，距离渐渐地又拉开了。

马三义心想：今天我不把你小子抓住，就算转正了也还是陪大妈聊天。心里暗暗发狠，脚下却不再加快，一面调匀呼吸，一面调整了步频和摆臂的姿态，拉出一副持久战的架势。在他心里，爆发性的短跑只是玩票，长跑才是他的傍身绝技。

就这么追了不知多远，恐怕都出了自己的辖区，马三义终于等来了下手的机会。前面的车骑着骑着，迎来了一个丁字路口。这下你必须得拐弯了吧？马三义知道，自行车要拐弯，车技再好，也得减速。他这么想着，脚下砰砰几声响，整个人便像拖了一道绿光一般飞向自行车。眼看追到，马三义腾身跃起，一脚踢在自行车后架子上，踢了个人仰马翻。这小偷看起来也是一个莽撞之徒，没什么经验，膂力倒是不小；站起身来，抓起地上的自行车迎面向马三义抛来，大概是想延阻一下，自己好转身就跑。

没想到马三义既不躲闪，也不伸手接架，而是做出了一个快得看不清的动作，一条长腿像一根粗壮威猛的钢鞭一样凌空劈过，自行车稀里哗啦地飞出好几米，倒在了地上。

关于这个小偷，后来的事马三义并没有讲过，不过想也知道，一般人看到踢飞自行车，基本都会放弃反抗。若要再跑，被这连自行车都能追个几里地的怪人追上，抡起一腿踢在腰上，估计就要废却残生了。但是，马三义并没有凭借这次捉贼获得晋升，或者嘉奖，只是其能跑的美名算是传开了。

关于马三义第一次抓贼，无论是在管片民警圈子里，还是在附近百姓中，都一样有很多版本的传闻。可惜，传得都不得法，他们的关注点都在最后踢飞自行车那一腿上，没有人真正看到问题的关键。马三义跟我们老板关系好，很大一个原因就在于他们认识很久以后，有一次吃饭时讲起了这段事，老板问了一个很关键的问题：

“当时你追了多远？”

据后来退休了的老片警回忆说，他走了一回马三义追小偷的路线，粗算下来，马三义至少以自行车的速度跑了三公里，穿着警服和皮鞋。

这恐怕只是街谈巷论，不实之言。关于人类能穿着警服和皮鞋以自行车的速度跑多少公里，我一点概念也没有，不知道这个传闻正确与否。但可以肯定的是，马三义之善跑，世所罕见。而对于我的另一个问题——马三义为什么变成了现在这副慢吞吞的样子——老板则以叹气作为回答的开头，看来是个不太令人开心的故事。

这件事就发生在前几年。当时，管片里有个海鲜大酒楼，就在我们公司附近，我也去过。据说此地是一伙坏人的窝点，至于是什么坏人，我这等好人摸不清楚，总之非常之危险，出过一些大案要案。这里的事情，主要是归刑警管，片儿警只是偶尔分到一些巡逻啊蹲守啊之类的活儿，哪个都不是马三义爱干的。

夏天的一个晚上，马三义跟他带的实习警员在酒楼附近蹲守一个团伙主要成员。跟我们常看的警察题材电视剧相比，马三义他们的硬件环境实在是太惨了。他们没有警车，只能穿便衣走路去，在路边的烧烤摊盯着，并且还不能喝酒。在烧烤摊不让喝酒，这不是要人命吗？此外，也没有电台那种高科技的设备，要想联系，只有用手机。总之，比起后来发生的惨事，这些警察办案的硬件环境也一样催人泪下。

十点多，目标从酒楼里出来了，手里拎着一包可疑的东西。“可疑”是实习警察说的，可能在实习警察看来什么都可疑。目标把东西交给了在门口等候的一个摩托车骑手，然后钻进了一辆破得简直经不起马三义一腿的老旧捷达，“突突突”地开走了。马三义把情况通过手机汇报了以后，就准备收队了。

这时，实习警察说：“马哥，咱们不跟吗？”

马三义笑道：“跟啥？你想腿儿着[1]跟汽车吗？”

实习警察说：“马哥，这一片儿我特熟，我想那人既然是骑摩托车，肯定不走大路，因为咱们这片儿胡同特别多。我想，大件儿[2]会去跟那辆汽车，我们何不去跟摩托车？把那包东西拿下，也是大功一件啊！”

马三义微微沉吟了一会儿，觉得有道理，点头道：“事不宜迟，

---

① 腿儿着：北京话，即走着。

② 大件儿：行话，即刑警。

你盯着摩托，我上去看一眼，回头就来。”

马三义上了附近的一座天桥。该酒楼出来的车，别无他路，必须经过这座天桥，从天桥上看，破捷达喷着蓝烟，缓缓开上了主路，往北驶去。这时，那辆黑摩托车也从路口开出来，穿过脚下的天桥，沿着辅路向东走。马三义给实习警察打了个电话，没人接。他啐了一口，三两步跳下天桥的阶梯，来到摩托车刚刚离开的路口。

他其实并不知道自己为什么要去追这辆摩托车。从结果上看，他有很多正确的理由去追，但当时他既不知道摩托车上有关键的证物，也不知道骑车的人惹了多大的麻烦，他只知道自己必须追上这辆车。“我行吗？”他一边扶着膝盖蹲下、站起，蹲下、站起，一边问自己。比起追自行车的那些年月，自己已经老了不少，何况这可不是自行车。但是，再想下去，别说摩托车，就算真是自行车也来不及了。“追！”他出声说道，然后提一口气，箭也似的射了出去。这一追，是他职业生涯中最漫长、最危险，也是最后的一次长跑。

不出实习小兄弟所料，摩托车开出路口没多久，就拐进了胡同，速度自然也慢了下来。谁能想到有人徒步追摩托车？马三义便是如此不凡之人：他不但追，还发誓要追上。为了实现此目标，马三义拿出了平生第三项绝艺。

直到那天，很多人才第一次知道他有攀爬纵跃如履平地之能。胡同里散乱堆积的箱子，随意停放的三轮车，明清两朝的城砖石鼓，破桌子烂椅子，准备盖房用的砖头垛，构成了神鬼莫测的迷宫。在摩托车寸步难行的胡同里，马三义像一只敏捷的猿猴，蹿蹦跳跃，闪转腾挪，翻过三轮车，钻过写字台，在砖垛上来个手倒立，有时甚至还在墙上跑几步。他的这些动作，初看之下似是卖弄，细看都是极实用的。若不用这些动作，就会弄翻这个，踢倒那个，惊起四邻不说，速度也会慢下不少。

马三义就像一道暗色的闪电，在狭窄的胡同里折射着，在又大又圆的月亮下留下骇人的剪影——最后翻过一道山墙，悄无声息地落在摩托车的面前。

听到此处，我抬着头，眼睛都快被天花板上的吊灯晃瞎了，却没有察觉。我眼前所浮现的，完全是那个月夜，穿着墨绿色的警服（或是深蓝色），以鬼神之威仪从天而降的马三义。

接着，马三义向右转身，抡起右腿，裹起一阵烈风，把皮鞋的后跟结结实实地镶嵌在摩托车骑手的头盔上。

因为没有电台，马三义只好用手机叫警车来押人。警车来了以后，开车的警察脸色铁青，见了犯罪嫌疑人，像是见到什么鬼怪一般，表情怪异。马三义此时才觉得精疲力尽，举头看了看，发现自己已经几乎从辖区的西边追到了东边，比第一次追自行车不知道要远了多少倍。想到此处，他再也支撑不住，顾不得警车司机的怪异之处，往后便倒，后面的事情就不知道了。

第二天，他在轮值宿舍醒来，全身酸痛，起不了床。这时候进来一个老领导，马三义抬头一看，不由得叫苦连天。因为此领导最喜欢训导，诲人不倦，一旦说起来就是半天。如果你敢打个瞌睡，他便要就你打了瞌睡这件事再追加个半天。马三义起又起不来，躲又无处躲，只好索性把眼睛一闭，等着听训。

只听得老领导先是叹了口气，接着慢慢地、像是吟诵一首哀伤的短诗一般，低沉地说：

“小马啊，我很悲痛地告诉你，小方牺牲了。”

小方就是那个实习的青头。这孩子既不能打，又不能跑，也不算特别能说会道，老人们都不太看好他。只有马三义年轻时吃过亏，知道人不可貌相，心想给年轻人一些机会，说不定能发现他身上有什么惊人的大才。结果，或许是还没来得及发现，这孩子就死了。那天晚上，马三义刚上天桥，摩托车就启动了。小方立功心切，撒腿就追，弄出来的动静比出兵打仗还大，就差敲锣打鼓了。快到路口时，只见那摩托车以前轮为轴，后轮擦着地面发出杀猪一般的嘶吼，一下子一百八十度掉了个头，一秒都没有停留，就猛然加油撞向了小方。

马三义后来回忆，他在天桥上听见了那声刹车甩尾的轮胎声。也许就是这个声音，告诉他此人非追上不可。

关于马三义此后为什么不能再跑了，有很多种说法。有人说他因为自己的疏忽导致小方的牺牲，伤透了心，不想再跑了。没有比这更没逻辑的说法了。也有人说那一次跑得实在太远太快，伤了身体的根本，跑不动了。这个说法听起来稍微靠点谱。总之，马三义在那之后歇了很长一个假，再回到岗位上时，就变成了一个慢吞吞的中年人。看着他的样子，你怎么也想不出他像闪电一样在胡同里闪动的景象。

不知何故，我觉得我能理解和感受马三义的伤心和灰心。这有点说不通，因为我跟马三义甚至说不上认识，更别谈什么交情了。但我常想，那种拼了命想要做好一件事，却搞砸了另一件事的心情；那种付出了极大的努力和心血去做一件并非分内的工作，却得不到想要的认可的心情；那种想要去培育一颗种子，到头来看到它枯死、卷曲、凋零的心情；那种偶尔想要用暴力来为公正代言的心情：这些都曾经在我的生活里一闪而过，有的闪了好多次，闪得我腰都闪了，我却还没有抓住它们、杀死它们。说到底，我们都只是普通人，即便我们中的一些有神乎其技的异能在身，也只是在“特别普通”和“普普通通”之间画一些模模糊糊的线而已。无论是我这样的上班族，还是马三义这样飞檐走壁、快逾奔马的奇人，都有着各种各样的普通人的烦恼和忧愁，这也是我觉得我能理解马三义的原因。你活在普通人的世界里，遇到的也都是普通人。你在世上行走，走着走着，碰到一个神，他还是个警察，这种事绝无可能。

前一阵子，有个以前的同事结婚，在婚礼现场，我见到了那个客服妹子。我连她的名字都忘了，却还记得马三义的一切。我问：“老板还好吗？”她说老板退休了，心脏不太好，回东北老家养病去了；现在换了个新老板，女的，很厉害，大家都不开心，云云。我又问：“后来见过马警官吗？”答说见过，男朋友（现在已经是老公了）多亏马警官照应，并没有吃什么亏。关于这件事，我没有细问，只是追问马警官的事，但后来的马三义已经是一个平庸得简直愧对“平庸”二字的中年片儿警了，无论如何也问不出什么来。末了我又问：“你男朋友没被马警官抓起来吧？”女孩笑了笑，拢了下耳边的头发，眯起眼睛说：

“没有，马警官还跟老板说，这个孩子要好好地用。现在，他是我们公司的客服经理了呢！”

我想，不管有没有马三义，换不换老板，老板认不认识警察，也不会有愤怒的玩家敢去这个公司闹事了。什么铁腿马三义，还是让他当一个平庸又安定的普通大叔吧。

/ 神拳花四宝 /

小区南面的花园里，常常能看见一个遛弯的中年汉子。这人是个傻子，嘴眼歪斜，走路一拧一拧的，一年四季永远穿着一身迷彩服。一看见他，就想起花四宝。花四宝也是一身迷彩服，每天早晨在花园里打拳，精神得很。

花四宝死时五十八岁。我记得这么清楚，是因为我问过他“四宝”这个名字的来历。有一次我去买包子，看见花四宝在打拳，我冲他叫道：“四爷早啊！”花四宝一笑，说他不姓四，姓大。我问：“那你为什么叫四宝啊？哪四宝啊？”花四宝说一宝也没有，因为是五四年出生的，就叫四宝。他妹妹五七年生的，叫七宝。

花四宝身材魁伟，足有一米九，肩膀几乎是我两个宽。打拳时，迷彩服的袖子总是挽到胳膊肘以下，露出一截粗得不真实的小臂。之所以说是一截而不是两截，皆因为他的左臂比右臂粗得多。伸出左臂，双手握不拢的一段黑炭一般；伸出右臂，既不很粗，又不很黑，亦不很壮，平常人而已。五十多岁的花四宝浑身肌肉一点都不松弛，像头熊。

花四宝的拳，往好听了说，古拙雄浑，一招一式都朴素无奇，刚劲有力。说白了就是笨把式，根本没有招，就是抡起左胳膊，照着白桦树上捆的红毡子，“砰”地就是一拳，也不见树怎么摇晃。从不见他打右拳。我们年轻人每次笑他打拳，他就说“揍你这样的三个没问题！”

花四宝的死，一点也不像一个世外高人，说穿了是因为一件极世俗的事：房子。

我舅舅跟花四宝从小就认识。之所以不说他们是发小儿，是因为花四宝性格有点孤僻，从感情上说，跟谁也算不上发小儿。舅舅说，花四宝年轻的时候是个老实巴交的农民家的孩子，每天只会下地干活，回家吃饭。不喝酒，不耍钱，不搞女人。也不打拳，那时候。七十年代末娶了媳妇，生下一对双胞胎女儿，日子过得不错。有一回他爸爸喝多了，跟他媳妇说了两句不正经的，好像还摸了一把。正好花四宝起完猪圈回来，撞个正着，就吵了起来。

起猪圈是个脏活儿，干完都是一肚子火，老头子又酒后失德，吵着吵着两人动了手。花四宝急了，抡起左胳膊给他爹一个通天炮。

就给打死了。

后来他妈跟妹妹花七宝商量着，这事儿发生在家里，民不举官不究，就说是喝多了撞煤房的门框撞死的。但是花四宝性子憨直，在家待着难免说出个只言片语，不如出去躲躲风头。花四宝有个远房的表舅，在新疆。四宝嘟囔了一句“是够远的”，就走了，一走就是十八年。

结果这一棚白事办得极为粗陋，老头埋在铁道边上，后来修铁道时怎么着就不知道了。转过年来，拆迁令下来了，要搬楼房。拆迁分房子，那个年月是按照户头分的，四宝跟七宝都成年了，这年七宝也抢着结了婚，嫁给了一个卖煤的叫王福安。这人很能办事，到了没有爷们儿的花家，一下子成了主心骨，不然也折腾不下三套房子来。某种意义上说，花四宝后来就死在这个王福安手里了。

房子分下来了，花四宝也有一套。老头没了，只剩老太太也上了岁数，钥匙就给了花七宝。房子离原村址只有两里地，六层板儿楼，南北通透，挺好。那个王福安本来卖煤，住楼房就没有人烧炉子了，就换到了一层，利用南面的小门脸儿开了个小卖铺。

花家的小区跟我家就隔着一个小花园儿，这事儿我当然知道，还去买过烟。

九八年，花四宝突然回来了。当时他就穿着迷彩服，上头还有血。这身迷彩服简直就是他的熊皮，跟着他一直到死。坊间传闻，花四宝在新疆住在一个叫沙雅的地方，九八年那儿不知道出了什么大事，他手上又有了两条人命，只得跑回来了。

回来一看可傻了眼。妈死了，二楼的房子开了个棋牌室，里面每晚聚集着一票光头金链汉子，喝酒，打麻将，有时候还打架。三楼租出去了。自己的媳妇跟一双女儿哪去了？他问花七宝，答说只知道在西直门附近租房子住，具体的地址和联系方式都没有。

花四宝提出让三楼的租户赶紧搬走，并索要这些年的租金；另一方面托人满北京地找妻子儿女。此时，凭空冒出来个王氏三兄弟，把事情一下就搅和复杂了。老二王福全在二楼开的赌馆；老三叫王福生，在三楼住着，养了个女人，据说还是未成年的学生。这三兄弟手底下，多得是打手混混。大到金链汉子，小到中学门口的小流氓，有几个连我都认识。一来二去两方面闹翻了，孤立无援的花四宝也没说闹事，转身走了。

在西城摸了小半年，最后在西直门一个叫后桃园的地方找着了妻子女儿，孩子都长大了，少不了抱头哭一场。这个花四宝也有绝的，房子不要了，也不跟妻儿住，自己跑回我们家这片儿打工。住什么地方呢？北京的老楼，一楼到二楼的楼梯下面有个三角形的小空间，一般挂着邮箱奶箱，八成还停着几辆早就没人要的破车。他捡了点儿三合板把这地方一隔，就住。好在开春了，也不冷。我舅舅见过他，还给他送过棉衣棉被，给过不少钱。

但是救急救不了穷。一个地道北京爷们儿，这些年我们见过他捡垃圾、收破烂、卸货，倒腾旧家具电器、修自行车、擦鞋、收泔水。最后收泔水收出理来了，竟然做成了买卖。据说在新疆就干过这个，做得还挺大。包了辆破车，每天“突突突”地往来于各种饭馆后门，日子渐渐好过起来，就在附近塔楼租了个地下室。塔楼的地下室，宽广无比，是我们幼年又爱又怕的迷宫。后来大部分改造成了自行车库，我去取车时见过几次花四宝。论辈分我得叫四宝叔，但是熟了，就都叫四宝。

花四宝就是从那个时候开始在小花园里打拳的。他也没师承，也没套路，每天早起就是两件事：举重物，打拳。我问他：“您举的这个是什么呀？”他说：“石锁，练功用的。”其实就是一块巨型方砖，不知道怎么掏了个洞，缠个布条当把手而已。他只用左手举。举完歇一会儿，就打拳，砰，砰，砰。

这么些年，花四宝就吃过一次亏。王家哥儿仨手下的流氓混混早看见他了，但是道上人敬重他是条汉子，竟然活了下来；并且也知道他特地回到这片儿来求生，没憋什么好屁，索性不理你，看你闹出什么大戏来。

打他的是个小孩儿，带着一堆中学生，都是乌合之众，拿着木棍砖头桌子腿儿。九十年代末，孩子打架不怎么下狠手了，不像小时候看到的那样，书包里装半头砖见人就抡，粮店偷的管儿叉真往肚子里捅。这我都见过。

这群孩子，就是拳打脚踢，本来也没什么大事，结果带头的那小子拿出把刀来，照着花四宝后脑勺就是一刀。花四宝没什么头发，到后来还能清楚地看见那道疤。

问题是，一个拉泔水的穷鬼，又不招谁不惹谁的，孩子们图什么打人？莫非是别家拉泔水的孩子？当时三街六巷谈论起来，也有人问过我。我一来是读书人，不混社会；二来也不在家这片儿上学，自然没什么线索。最后还是我舅舅给访出来了，说是买菜去遇见花七宝，听见她跟别的老太太聊天，说家里孩子不让大人省心，带着人拿刀把人给开了，开完跑哪去也不知道，好几个礼拜没回家了。

这孩子，是花四宝的亲外甥。街坊跟他说了，他摇摇头，说：

“那孩子见我面儿，从来也不叫我。是个混孩子，但是不干这事儿。大早晨的，老阳儿（太阳）都出来了，我看的真真儿的，不是他。”

那意思，不愿意跟小孩子一般见识，又没怎么着。

我们也不是没想过，花四宝一个人跑回这片儿来，是想干什么？天天打这笨拳，有什么用？但毕竟不算是很熟的人，也不是一个小区的街坊，也没深想。就这么相安无事十几年。

花四宝死前一个礼拜，又去找了一趟王福安，交涉房子的事儿。当然还是没什么好结果了，这他自然也是知道的。七天之后就出事了。

据说花四宝当时颇有荆轲的气概，十冬腊月，穿着片儿汤似的旧迷彩服，上面染着新疆沙雅带回来的不知什么人的血；天还没黑透，只身一个人，寸铁未带，顶着西北风，就去闯黑社会窝点了。

花四宝死后，作为生前认识他的人之一，我舅舅也配合调查了，据说还去了趟司法鉴定中心，看了看尸体，和黑社会们的照片。照片上，金链汉子们无比惨烈，大部分五官都看不清了，有的脸整个凹了进去。王福安、王福全哥儿俩脸上倒是很干净，但没有一个合眼的，看来是死不瞑目。俩人都是内脏破裂，一个是肝脏，一个是脾脏。脾脏很脆弱的，我看新闻上说，有个副校长拿本教参砸了一个学生，就给砸破裂了。何况是花四宝？

王家哥儿仨只剩一个王福生，因为打牌坐东，进门第一个挨了拳头；打在后脑海上，没死，但是傻了。从那以后，我们老看见他穿一身迷彩服，七扭八歪地在小花园里绕，绕的就是花四宝练拳的那块地方。傻子脑袋里想什么，谁知道呢。

倒是四宝这厮，死状安详，一点也不像传说中的吊死鬼，既没有拉长脖子，也没有吐舌头，只是脖子上一道深得可怕的血痕。因为是用皮带上吊的，血痕很宽，且皮完全破了。除此之外，一切如常。

城市里缺乏传奇，一旦出点大事，街谈巷论就会给传走了样。最初的版本是：花四宝闯进门来，更不多言，见人就抡起左拳，一拳一个；二楼打完，又上三楼，还是一拳一个。有还手的，没用，花四宝根本不在乎你往他身上什么地方招呼。也不躲闪，也不招架，就是你给我一折凳，我给你一拳，看谁先死。也有格挡招架的，用胳膊、用手、用桌子、用锅。没用，架不住。挡四宝者，一拳打穿，你还是死。从头到尾，就是一只左拳。打完之后，屋里到处是中间有个洞的桌子椅子大锅盖，连厕所门上都有个洞。大伙儿还分析，二楼跟三楼的街门根本不是踹开的，而是花四宝一拳擂开的。这个是我舅舅的版本。

别的版本就邪乎了，说花四宝一拳把金链汉子打个对穿，再一拳把王家兄弟从阳台上震出去摔死之类，毫无逻辑。有一个最神的版本，说那天晚上停电了，屋里点着蜡烛，花四宝进去打人，拳风一下子把蜡烛都震灭了，所以人没杀全，让花七宝跑出去了。实际上花七宝那天就在屋里，但是没挨上拳头，后来竟然也没提一分钱的附带民事赔偿。什么原因，我等草民就不知道了，也没再见过这个女人。这件事上了报纸，但没说死了几个人。报纸采访附近街坊，都说以为楼下打架，因为他们几乎天天打架。没有一个人报案。

花四宝留有遗书，给妻子和两个女儿，就在他上吊的地下室里。信上说，王家逼人太甚，他一介草民，没钱没势力，求告无门，让儿女受了天大的委屈地大的苦，没有脸面见她们。这件事，除了他一死，无法解决，让女儿们孝敬妈，好自为之。等等。另外交代了自己在新疆打死两个暴徒的事情，说暴徒有枪，自己出于无奈。还写了一拳打死父亲的往事。警察给配合调查的人都看了遗书，也找来了花四宝的遗孀和两个女儿。舅舅说，他亲耳听见警察出门的时候，贴着女孩的耳朵轻轻说：

“你爸爸是爷们儿，这份儿的。”

因为警察背对着他，具体打了什么手势，到底是哪份儿的，就说不上来了。

这事是去年冬天的事儿。今年开春，花四宝打拳的场子上，那棵挂着红毡子的白桦树还在，却没有发芽。

/ 快手刘五洲 /

我这个人，特别喜欢说话，跟谁都能聊几句。因此，就连我常去的饭馆里的服务员都有几个相熟的，虽然这并不能给我带来什么实惠。但即使如此，熟到连彼此姓字名谁都知道的服务员还真少有，刘五洲就是其中一个。可惜已经再见不到这孩子了。

刘五洲年纪不大，最后一次见的时候，估计也就是十八九岁。此人眉清目秀、齿白唇红、身材瘦削，看上去颇羸弱，脸色常常不好。刚开始我们不熟的时候，每次他给我上菜，我都觉得他特别不高兴，好像我欠他七顿饭的钱，还打了他爸爸，他们家丢的鸡蛋也都是我偷的一样。这都是没有的事儿，我跟刘五洲无冤无仇，并且我还挺喜欢他的，这并不是因为他会变戏法。当然那也是原因之一。

我家楼下有个山西面馆，面虽一般，但宽敞明亮，服务员也都眼里有活儿。有那么几年，我老婆出差去广东，我一个人懒得做饭，几乎顿顿晚饭都是在这家吃面。西红柿面、牛肉面、削面、炒面、臊子面。我有一回问服务员："你们家不是山西馆子吗？怎么还有臊子面？"服务员一乐，露出一口白牙。"恶蒙伤西仍，绳么面督吃啊。"（我们山西人，什么面都吃。）他说。这纯属胡扯，但也不赖他，是我多余问。菜单上印了，客人一点，服务员就给上，谁管你点的是哪个省的面？

彼时我还没到过山西，也不知道这小子是不是山西人。看他随风就倒的身板，跟我印象中的山西人很不同。关老爷是山西人，惯使八十二斤青龙偃月刀；这小子都未准有关王刀沉。我记得吕布、张辽、徐晃也是山西人，什么李牧卫青霍去病，重耳廉颇蔺相如，反正山西汉子不应该是这个款式的。观其体貌，大抵与隋唐的侯君集相仿，但侯君集是陕西人。

于是有天去吃面时，我看左右无人，就问他是哪里人。没想到几天没见，这小子学会了一口像模像样的普通话。"我真是山西人，"他答道，"但是他们都不是。老板也不是！"说完，他一龇牙，飞也似的溜走了。"妈的，老子还没点完呢！"我拍桌道。

一来二去，我跟这孩子熟识起来。我去得晚，几乎总是最后一位客人，服务员大多没什么事干。他也爱说话，更爱笑。很多时候我根本不知道我说了什么可乐的话，他就乐得拍桌顿足，还建议我去面试德云社。但他平时又总是一脸阴郁，只有跟他说话才能让他乐，而他的同事们显然不太有工夫跟他聊天。他干活极有效率，且条理分明、前后有序，从不出错，所以总有比别人多得多的时间聊天。主要是跟我，还有几个常来的老大爷（我可不是老大爷，作者注）。

我跟他说 :“你这跑堂的这么爱聊，活脱就是一位古人啊。”他问什么古人，我说 :“此人博古通今、学贯中西，活了几千岁，在很多朝的史书里都有记载。”他急了，问我是什么名人，我就告诉他 :“你听过评书吧，几乎每部评书里都有个叫画眉刘三儿的。”——其实我也是闲的没事儿瞎扯，没想到这孩子大笑起来，笑了半晌，又缓了半晌，才咧着嘴道 :“叔，我不叫刘三儿，不过我还真姓刘，哈哈哈哈，而且名字里还真有个数，哈哈哈哈——叔，我叫刘五洲！”

我张着嘴，瞪着眼，发了半天呆，不知道该说什么。我想说“笑什么啊有那么可笑吗”，又想说“你行五吗”，又想说“快去给我端面”，最后捋了一下并不存在的胡须，喝道 :“谁他妈是你叔啊？”只见刘五洲耸肩一乐，颠儿颠儿地跑去端面了。

我跟刘五洲谈不上交情，顶多就是我这人比较好接触，他又好聊天儿。聊也是我主讲，他负责听，拍巴掌，乐，等等。大概是作为我表演了这么多娱乐项目的回报吧。有一天晚上，刘五洲给我表演了他的绝技，把我惊了个魂飞天外。当时大厅一半的灯都关了，厨子也下班了，只剩一男一女两个服务员，女的在收银台玩手机；男的就是刘五洲，他坐在我旁边，听我讲古。平时他是断然不敢坐的，这天大概是累了，加上也没有别的客人和店领导在。

“叔，我给你看个好玩儿的。”他说着，拿出两个接面汤用的塑料杯子。我并没看见他是从哪儿拿出来的杯子。接着他又拿出两个，极熟练地扣在桌上，摆成一排。

“干什么，变戏法吗？”我嚼着花生米，斜眼看他。

“嗯嗯！”他使劲点头，坐得倍儿直，活像一只兴奋的旱獭。

“好，变吧。”我其实有点儿困，讲故事讲得也累了，不过看他这样子，实在不忍拂逆。

只见刘五洲龇牙一乐，十指张开，哗啦哗啦把杯子在桌上彼此换了几十次位置。末了，他抬头问我：“叔，您猜，哪个里面没有花生？”

我差点儿乐了：“你变这个，得先往里放一个好吗？”我说完，捏起一个花生放在桌上。

刘五洲说："不用，叔，我放了，您就猜吧。"我说："那也没有猜哪个里头是空的啊，人家都是猜哪个里面有。"刘五洲又乐了，说："那有什么意思？您就猜吧。"我看看他那摩拳擦掌的样子，摇摇头，掀起一个杯子。

里面有一粒花生米。

这么准？我又掀起一个。里面也有一粒花生米。刘五洲把另外两个掀开，也各有一粒。我真不知道他什么时候整整齐齐地放了四粒花生米进去。他拂去三颗，只留一颗，又"啪啪啪"地换了数次杯子的位置。

他的手太慢了，连我这外行都能跟得上。我指了指留有花生的那个杯子。说实话，我已经做好了里面没有花生的心理准备，毕竟你跟特地学过两手戏法的人没有理说。但杯子掀开，里面空空如也，我还是吃了一惊。刘五洲笑眯眯地把干瘦的小拳头伸到我面前，霍地张开，里面握着一粒花生。

我哑然，呆了一会儿，靠在靠背上摇头笑起来："刘三儿，你真不得了。"我一直叫他刘三儿。我知道，他变这一手就是等我这句夸。毕竟这也不算什么"真不得了"的戏法。

刘五洲眯起眼睛笑道："叔，您夸我了。嘿嘿。"

然后他朝我嘴边伸出手，三指一捻，冒出一根烟来。我瞪着眼，迷迷糊糊地叼上了，他那只手“啪”地打了个响指，食指冒出蓝幽幽的火苗来，给我点上了烟。我吸了一口，向天吐出，问他：“哪学的？”

“火车站、批发市场、立交桥底下，好多地方有人教。”他说，“给钱就能学，包教包会。剩下的，就靠练了。”

“怎么变的？给我讲讲。”

“那可不行。”他嘿嘿笑起来，“这规矩您还不懂吗，叔？”

他一口一个“叔”，叫得我十分想劈面给他一鞋底。

“那倒也是。”我说，“你学这个干吗？将来准备摆地摊还是上春晚啊？”

刘五洲摇了摇头，把桌面上一个扣着的杯子移到桌边，哗啦一翻，口朝上立在桌上。里面一杯清水，多少有一些洒在桌上。

比起变花生，这可有点邪乎了。

“叔，我跟你说吧，”他又唰地翻起一个杯子，“这没什么新鲜的，全凭手快。我学这个，也不为摆摊，也不为上春晚。我只为打赌。”

他说着，把手里的杯子推给我。一股酒味儿飘出来。

“打赌？什么赌？”

“人命关天的赌。”他说着，端起杯来喝了一大口，接着像只沮丧的狗一样吐了半天舌头，“我跟我哥打了一场赌。赌得是抓阄。这场赌太大了，我必须赢。”

看他的表情，似乎不太想说抓阄的内容。其实我大致想得到：乡下孩子，无外乎争家产。

“那，赌得赢吗，现在？”我问。

刘五洲没说话。他把左手张开，翻过来掉过去地看个不休。看着看着，手心多出个纸团。再一翻，又没了。一会儿又出来两个。又一翻，没了。再一翻，出来三个。最后一共出来四个，放在桌上，用手一抹，就全都不见了。他又喝了口酒。

“叔，我不知道，”他低着头，“一百次失手一次。但是我一次都不能失手。”

我有心问到底赌了什么，但看着他的表情，我突然意识到一件事：我们其实并不算很熟。

最后我什么也没说。刘五洲抬头看了看我，笑了笑，拿起杯子往我面前那杯一撞，突然豪气顿生，仰头挺胸道：“没啥，叔，我能赢！”

我看着他，什么也没说，举了举杯，喝了一口。还真是酒。

“叔，太晚了，您回去吧。我得尿个尿去。”他说。

之后有一个月我没见着他。问店里的小姑娘，答说刘五洲病了一场，好像还住院了，不知道还回不回来。我想，他那个身板儿，看着就像是有什么病，估计是回老家养病了。没想到几个礼拜之后，他又生龙活虎地出现在店里了，只是脸色有点苍白。

“干吗去了你？”我问他。

“咳，病了，没啥事儿，叔，别担心！”

“呸，谁担心你？端面去。”

打那起，见他的面就少了，因为我来得晚，而他似乎较少值下午班了。十一月的一天晚上，冷得让人不敢往后想腊月什么样。我裹紧衣服顶风去店里吃面，看见刘五洲正在给筷子消毒。消完毒，他把筷子一把一把地往桌上的筷笼里扔，例不虚发，惊得我站在门口半天没敢进门。他看见我，咧嘴一笑：“叔，您来了，快进来，冷！”

我在常坐的桌边坐定，要了碗面。等我吃完，略微暖和了一些，刘五洲就搬凳子坐在一旁跟我聊天。这天我给他讲了很多古人，因为我记性不好，估计有很多讲的是错的，比如我说孔融是晋国人，这也可以说是为了增加亲切感和说服力。刘五洲捧一杯热面汤听我讲，有时大笑，但大多时候很安静。末了，他收去碗筷，给我点了根烟。

“叔啊，今天再给您变个新鲜的，好不好？”他说。

好奇之心人皆有之，何况我又不老（这是真的，作者注），我点点头。

“您先把账结了吧。”他神头鬼脑地说。我一皱眉头，摸出一张一百的给他。

“您这也太大了，叔，”他接过钱，“我给您破开。”

他把这张大钞横着折了又折，成了一根纸卷，比直了藏在左手中指后，右手捏着一捋，接着双手展开，变成了一张五十的。

“我×！”我爆了粗口，“快给老子变回来！”

刘五洲嘿嘿一笑，如法炮制，再一展开，变成了一张二十的。

我颓然坐倒，靠在靠背上，有气无力地说：“妈的，你玩儿吧，臭小子。”

于是我看着他把这张钱变成十块的、五块的、一块的，最后揉成了一个小纸团，用手掌一压，再一打开，居然变成了一个硬币。接过来一看，还不是人民币，是游戏厅币。

“你小子生了场病，本事可大了，”我叹道，“往零碎了变算什么本事啊？你给我变回一百的来。”

刘五洲低下头，乱糟糟的刘海垂下来，遮住了他的眉眼。“我要能那么变，”他小声说，“还打什么赌啊，叔。”

这是我最后一次见他。冬去春来，妻子从广东出差归来，我也很少一个人去吃面了。即便去吃，也不会在那个点儿去；即便在那个点儿去，也没有人陪我聊天了。因为别的服务员干活太慢——相对刘五洲而言——所以总是很忙乱，没什么时间理我。我一直不知道刘五洲去哪了，更不知道他跟他哥打的什么赌。

一直到我知道他死了。

初夏，不是五月就是六月的一个周六中午，我忘了是因为什么，一个人去吃面。中午吃面，过程极简单：点、吃、结账、走。一般没工夫聊天。没想到过来个小胖子，也是十八九岁，穿着面馆的制服，弯下腰小声说：“叔，您认识刘五洲吧？”

我一横眉毛，刚想骂人，谁是你叔？怎么是个半大小子都叫我叔？我有那么老吗？忽又一想，除了刘五洲，其实并没有什么半大小子叫我叔。

“你说刘五洲？”我放下筷子，“变戏法那个？”

“对对！”小胖子使劲点了点头，我真担心他把头甩出去砸着谁，“他出事啦。”

“出事？出什么事？”我挑了挑眼眉，“是改名叫刘谦，终于上春晚了吗？”

“不是，唉！”小胖子急了，用指关节直敲桌子，“他死啦！”

那天晚上，小胖子在隔壁烧烤店门口的大排档，就着两瓶啤酒给我讲刘五洲的事。

小胖子也是这家面馆的服务员，见是见过一万多次，但并没有聊过天。他是刘五洲的同乡——不仅同乡，还同村。这应该不假，因为他是我所见的在店里唯一跟刘五洲聊得比较多的人。他们村的小伙子，大部分都出来到各城市的面馆打工，有出息的当面点师傅，抻面削面，没出息的端盘子洗碗，反正是跟面干上了。

刘五洲兄弟两人，哥哥叫刘四海。爸爸早死，妈妈把俩儿子带大，还没看见儿媳妇的影子就撒手了。好在哥哥成人了，能种地养鸡维持生计，弟弟就出来打工。去年春节，刘五洲回了趟家，关于他哥哥的病，他成了村里最后一个知道的人。

刘四海得了一种所谓的怪病：尿多，全身肿，腰疼。好在他们村也不是什么特别闭塞的穷乡僻壤，附近县城里医院还是有的，结果街坊大嫂子带着去了一查——尿毒症。尿毒症是啥？村里人没有知道的，大夫云山雾罩说了一大堆，除了开好几千块钱的药以外，其他的都没听明白。

刘五洲是在祖国首都见过世面的人，决定带着哥哥去更大的医院看病。过完节，俩人就去了大同三院，终于把病问明白了。同时，也明白治这个病需要多少钱了。刘五洲扶着哥哥从医院出来，才一出门，咣当一头就栽倒了。

哥哥刘四海急了，说：“你这是怎么了？没钱咱可以卖房子，大不了不治了，你可急什么呢？”刘五洲说：“我倒不是急，我这半年老摔，走着走着眼前一黑就摔一跤，常有的事。”刘四海一听：“那可不行，这不是小事，这不还没出医院呢吗？走，回去看看去。”

刘五洲拗不过哥哥，只好去挂了号。这一查可了不得，刘五洲脑袋里长了个瘤子。

中间的事情，村里人也不太清楚，只知道后来两人回了村，相对无言。几天之后，街坊大嫂子突然满村跑着叫人，说老刘家打起来了。大伙儿踹门一看，刘四海正举着一口锅，追着刘五洲满院子跑。大伙儿还没来得及劝，只见刘五洲往前扑地便倒，摔了个狗啃泥。这下刘四海也不闹了，赶紧搀扶起来撅砸捶叫，好半天才缓醒过来，消弭了这场祸端。

大伙儿一问，原来哥儿俩本来正在商议把院子卖了治病，但粗略一算，恐怕连治一个人的病都不够。于是哥儿俩为了治谁不治谁的问题吵了起来。街坊们好一顿劝解，才把两人劝住。当地民风淳朴，大家觉得求生本能驱使之下，这也情有可原，所以谁也没有对刘家哥儿俩有一丝态度上的改变。相反，大队还组织了一次捐款，结果收到的大部分都是棉衣。这有什么用？两人哭笑不得，每日里继续争吵。

吵了七七四十九天，终于得出一个结果：抓阄。两人商定，写两张纸条，一张写“生”，一张写“死”。抽着“生”的，卖房子治病；抽着“死”的，合当殒命，不得怨天尤人。两人请村里有名的大了[①]。写好纸条，扔进一个瓦罐里，突然相视凝噎，接着抱头大哭起来，把罐子扔井里了。

这事儿就这么没人提了。刘五洲说：“不管给谁治病，多一分钱也是好的。”于是他决定回北京继续打工，尽量多挣钱；把哥哥托付给街坊之后，洒泪而别，回到首都北京。一下火车，刘五洲就贼忒忒地打听变戏法、教牌技、出老千的师父，好拜师学艺。（这部分是村里人编的，作者注。）中间过程，外人不知，一起打工的老乡可是眼看着刘五洲的手艺一天天地见长。

刘五洲在店里或宿舍，得闲时总会练上两手。猜豆子，掌心点火，变金鱼、变鸽子、变白兔，刘五洲都练过。但他练得最多的、每天必练的就是隔空抓纸团。说“隔空”不太恰当，应该说是“凭空”。无论有多少个纸团，里面写上什么字，他都能凌空抓出写着“生”字的纸团来。他的手快极了，就在你眼皮底下，

---

① 大了：北方农村在红白喜事等大型仪式上主持流程和一切事务的人，很多时候也是村中族里的长老。

能把任何大小合适的东西变没，或变到一丈远处的帽子底下。在宿舍，没有人敢跟他玩儿牌——玩儿过几次，简直没法玩儿，别人手里的牌都是他的，桌面上已经出了的也是他的，只要他想要，什么都是他的。

所有人都知道，刘五洲名曰打工，实际上是出来练就一身绝艺，好回去应对人生最大的一场决战。所有人也都知道，以他的身手，已经没有失手的可能性了。别说抓阄，这时候就是给他一把左轮让他玩俄罗斯轮盘，恐怕都要第六轮才能杀死他了。

“后来呢？”我剥着毛豆，小胖子喝着啤酒。

“后来，他回家了。我是没赶上，是再后来家里人给我讲的，”小胖子喝了一大口酒，对着月亮长出了一口气，“他输了。”

抓阄那天，刘家大门没关，可能是故意开着的。敞开的大门内，像一个固定的长镜头，两人冲着一个褐色的瓦罐，对坐无言。门外的人们小声议论着：“刘五洲会输吗？”“不可能吧！”“怎么不可能？只要刘四海先抓，就有一半的可能赢！”“胡扯，刘五洲能隔着罐子换纸条，说不定两个都是死。”“那要是让他先抓呢？”“那就是两个生呗，傻×。”“别吵，看着！”

刘五洲开口道：

“哥，谁先来？”

刘四海摇了摇头，苦笑了一下。“你先来吧，”他说，声音轻得像是哪里接触不良了，“看看你练得怎么样。”

刘五洲面无表情，把手张开，手心向下盖在罐子口上，虚一握拳。

接着，他摊开手掌，纸团已经在手心里了。门外响起一片极复杂的嘈杂的人声。

刘四海长叹一声：“好，好，好。”他一抬手，把罐子扫到地上，“啪”地摔成千百片：“你，厉害。”

说完，他扶着桌子，颤巍巍地站起来，对着大门抬了抬手，转身向堂屋走去，好像一下子老了七十岁。

刘五洲叫住了他。“哥，”他喊道，“我输了。”

刘四海背着手，站在堂屋的门槛上，慢慢回过头。正午的阳光下，刘五洲坐在院子中心的石凳上，手举一张皱巴巴的纸，上写一个大字——“死”。

小胖子讲到此处，摇头叹了口气，又喝了一大口酒，说：“后来，还没等到卖房子，刘五洲就死了。他那个病来得真快，在井边提水，摇着摇着，往后一倒，就没了。”

我活了几十年（并不老，作者注），还没有经历过这么年轻的死亡。虽然不是什么熟人，也不是在我面前死去，但还是给我造成了很大的冲击，冲击得我连毛豆都不会剥了。我把毛豆往前一推，双手扶膝，摇头喟叹。一边摇头，脑海中一边渐渐现出一个巨大的“死”字，清晰无比。慢慢摇了一会儿头，接受了这个事实以后，脑袋逐渐清醒起来。这并非什么天崩地裂的大事，只是一个不太熟的年轻人病死了。而且在这顿饭之前，中午吃饭的时候我就已经知道他死了。只要抱着听八卦的心态去听这件事，似乎也没什么大不了的。古有伏羲氏造八卦，今有扶膝氏听八卦——我正在这样开导自己，小胖子又感慨起来：

“想不到他练了这么久，在店里、在宿舍里，包括在您面前卖弄那么多回，没有一次失手，就这一次败了。”他边喝边叹，“这就是命吧！”

听完这句话，我就“什么是命”以及“这是不是命”这两个问题思考了一会儿。然后我夹起一筷子豆腐丝嚼了起来。

“小子，你觉得刘五洲是失手了吗？”我边嚼边问。

“是啊，虽然我不会变，但是我也知道，这东西全凭手快。一快起来，难免有个错漏嘛。”小胖子说。

“你啊，”我用筷子指指他，“白活。”

说完，我留下五十块钱，背着手走了。一边走，一边唱《人说山西好风光》，感觉自己一下子老了很多，老得步履蹒跚，老得心里激不起一丝波澜，老得足以让刘五洲那么大的孩子给我起一个“扶膝氏”之类的外号，或是叫我一声“叔”，我也不生气。

/ 被替代的雷震子 /

有一天，雷震子愁眉苦脸地坐在花园的长椅上，揣着袖，低声自言自语。我在那花园里埋了只猫，经常去看看，就是这样认识了雷震子。当时的场面是这样的：我从他面前走过时，他突然大喝一声："怎么办啊？！"把我吓了一跳。一般来说，我遇见神经病时的反应都是迅速逃走，因为我妈告诉过我，疯子分为文疯子和武疯子。武疯子不但孔武有力，而且思维混乱、判断失常，无法对局面做出正确判断，一旦动起手来，会各种下作招数无所不用，有时还会掏出刀来，纵然我有些家传防身手法也不顶用。

我家这片临近火车站，来自全国各地的武疯子非常之多，品类齐全，是我从小就见惯了的。我低头一看雷震子的样子就知道他是文疯子，而且我知道他是谁，所以我没跑。后来事实证明，我判断错了。这种时候判断错误十分危险，如果他是个武疯子，我想势必要跟他缠斗起来，那将没有我的好果子吃。因为他不但各种下作招数无所不用，且打了我白打。所幸我的误判是另一个方向上的：他根本不是疯子，只是头发太乱了而已。

雷震子在后厨工作，他的工作间有一处排风管漏了，每天呼呼地冲他吹油烟。所以每到下班，他的发型便十分销魂，再加上他生得人高马大，鹰鼻鹞眼，活像雷震子，以此得名，我们都不知道他的真名实姓。他的工作是一项干净而伟大的工作，而他之前发愁的就是这项干净而伟大的工作就要消失了，所以他也即将失业了。关于干净而伟大的工作，是我小时候爷爷给我讲的。他说有一个人去求职，问他要什么工作，他跷起腿来道："我要找一份干净而伟大的工作！"最后他得到了一份给大象洗澡的工作。我长大以后想：这个小时候没听明白的故事大概包含了一个误会，即"伟大"之原文"great"也可理解为"巨大"。我觉得小时候受了蒙蔽，为此一直在苦寻干净而"伟大"的工作，终于在雷震子这里找到了。

他的工作就是刷碗。

餐厅尽头，一拉溜通透的大玻璃窗里，擀面、切菜、煎炒烹炸尽收眼底。往左看，通往后厨出入口处有个小隔间，窗玻璃的上半部分已经变成琥珀色，因为里面的排风管漏了，雷震子就在里面刷碗。玻璃上人手能够得着的高度，他都擦得光可鉴人，但他不是专业擦玻璃的，每天没有时间登高擦窗户。早晚擦一遍油烟之后，他就不停地刷碗。雷震子刷碗是一个景观，不少客人进来都要最靠近他那隔间的桌子吃饭，包括我在内。所以在小花园里他一抬头我就认出来了。

一般的洗碗工，全部戴橡胶的劳保手套，但雷震子不戴。“戴手套能刷干净吗？碗上粘个小米儿都摸不出来！”雷震子这样解释道。而他也从不在手上抹油或什么护肤品，生怕粘在碗上把客人吃坏了。服务员用整理箱端进来一箱客人吃剩的盘子碗筷子勺，他先依次取出，取法如下：由大至小，先筷子后勺。所以不管箱子里多乱，他的水槽里总是整整齐齐。然后他片刻不停地开始洗。他在水槽里放一半的水，洒上洗洁精浸泡，然后从最上面拿起一个碗来，先用活水冲，用手指洗去表面污物；而后用布蘸着洗洁精擦洗，右手拿布，左手极快、极潇洒地、有节律地旋转着碗。准确地转两周之后，再用活水冲去泡沫，冲时又是一次华丽的旋转，其手指非常灵活，好似那碗自己在两手间活物般地跳动。最后是洗背面的碗底。雷震子说：“洗碗若不洗碗底等于没洗，因为最后你总要把碗摞在一起的。”这家用的碗有个“乾隆御制”的底款，非常可笑，雷震子来了没多久就发现这个底款很容易掉色。于是他用铁丝擦子把几百个碗的底款都擦掉了。“能擦掉就别让客人吃了，尽管是在碗底下的。”他说。

洗完之后的碗，分组倒扣在干净的白毛巾上，侧面用立起来的整理箱盖子挡着油烟。每一摞碗的下面都横扣着一根筷子，据说这样能加速残水往一边流。“要是给客人盛面的碗里有刷碗水可怎么办？”雷震子说。经他洗过的碗，白得发蓝，散发着令人放心的热气。最后还要进一次消毒柜。要依着雷震子，都多余用消毒柜。他排斥一切机器的东西。“用开水浇一趟不就行了吗？咱们开馆子的还缺开水吗？”但这是店里的规定工序。今年入冬，消毒柜出了故障，时灵时不灵，店主说换一个，要换就换消毒洗碗一体的。

这就是雷震子发愁的事。他要被机器代替了。“我觉得这都扯淡，”他说，“机器能代替人吗？机器刷的碗能放心吗？机器会刷碗底吗？机器能把缺口的碗筛出来吗？机器能擦掉筷子头上的鸡蛋清吗？”雷震子有很多委屈，诸如此类。我听了也无法可想，只能安慰他说：“这家不用你，你就换一家呗，怕什么？”他摇摇头，说：“现在不好找活干了。”几天前我路过牛街，特地看了一眼，确实如他所说。拓宽的马路两侧停的全是观光巴士，一队一队戴着各色小帽的游客在小红旗、小蓝旗的带领下杀入各个馆子，生意火得不行。我说，老雷啊，你活是好，心也好，但是架不住人多啊，你工太细，供不上啊。雷震子沮丧地摇摇头道："我不姓雷，我姓陆。"过了几天，那个饭馆里就看不见雷震子刷碗了。取而代之的是一个胖丫头，在那里笨拙地操作着洗碗机，经常一边抱着碗走路一边咳嗽。

我去那家店的原因之一就是雷震子刷过的碗用着放心。我根本不用琢磨往嘴里送汤、跟我唇舌相交的这个破破烂烂的塑料勺是什么人用过的，因为从雷震子手里出来的家伙就跟新的一样。我也不用担心端上来的面里掺着三钱儿刷锅水。我更不用担心破碗碴儿拉我的嘴，因为雷震子都把它挑出去了。据说他劝老板换了的碗如果没换，他就用勺子把那个缺口敲大一点儿，逼着老板换。说不定这一下逼着老板把他给换了，也未可知。反正我不再去了。

关于机器能否替代人，我是这么想的：机器在效率上替代人是没什么问题，但是品质上就不好说了。这包括机器的品质和操作者的品质，还有很多道德和逻辑层面的问题。去年Google的无人驾驶车出来了，我看以现在科技发展的速度，没几年满街跑无人驾驶车就再也不是科幻片了。我想如果这个机器能普及，应该先替换危险的大货车司机。但是以现在人们的这套逻辑，估计司机取消了，要在副驾驶上换一个监督无人驾驶的人，生死跟这辆车在一起，这事儿他们真干得出来。

前几天去超市买东西，看见有个“自动清扫机器人”正在促销，我脑海中立刻浮现出这样一个画面：我在家看着机器人忙完一遍。因为如果我不盯着它，它说不定会撞碎我的鱼缸，或是卡在沙发下面愚蠢地哀号着出不来。然后我拿起笤帚把它没扫到的地方再扫一遍。想到这里，我不禁想起了被机器替代的雷震子。雷震子姓陆，刷碗不戴手套。我看过他的手，皮肤虽糙，但指甲又圆又鼓，总是修得整整齐齐干干净净，绝不藏污纳垢。他的中指指甲上有个血痕，据说是刷锅时被米粒插进指甲里留下的。不知道此人换了新工作没有，如果换了，新馆子的排风管道估计没有破，不会再把他的发型吹成雷震子了。

/ 大江大海一箱啤酒 /

在我认识的喝酒的人当中，卢大江、卢大海兄弟二人是最能喝的。人们形容能喝之人时常说：喝酒跟喝水一样！卢家兄弟则不然，他们固然喝得既多且快，但绝不像是喝水，而是实实在在地喝酒。这么说是因为他们享受喝酒的过程，每一口每一杯都挤眉弄眼地做出纷繁复杂的极惬意的表情，让你惊诧人类的脸上竟有这么多种表达惬意的表情。他们是真爱喝。

卢大江跟卢大海都是我的街坊，都结了婚，又都离了婚。我从小就认识他们，只是因为他们的年龄刚好介于我和我父亲之间，称呼起来非常尴尬：叫叔叔太老了，叫哥哥又不对，因为他们都管我爸叫大哥。所以我一直叫他们“嘿”。有时为了区分，我再加个“嗨”来叫卢大海。我到现在都不知道这两兄弟到底是干什么的，总之游手好闲不干正事。自从他们惹了祸，已经很多年没见过他们了，倒是常看见他们的父亲，一位在辈分上更加难以称呼的老爷子，我称之为“吃了么您”。有几次见面，在喊罢“吃了么您”之后，我都几乎忍不住想问问卢大江跟卢大海哥儿俩原来到底从事什么营生，但一想到这两个不省心的货已经够让老爷子糟心的了，便不忍心问了。

说到他们惹的祸，就像其他一切三街六巷的传闻一样，有着各种各样的版本。流传最广的版本是：一个夏天的晚上，他们在大排档喝酒，喝多了。这时来了个要饭的老太太，两人也不知怎么跟这老太太起了冲突。老太太的儿子跟儿媳妇就来了。结果儿子挨了一酒瓶，儿媳妇吃了一拳，两人都是脑震荡。对于这个版本，我们这一片儿的居民大抵是嗤之以鼻的，因为漏洞太多了。随便举几个例子来说明这个传闻有多么不靠谱：

1.卢家哥们儿从不会喝多；

2.卢家哥们儿不打女人；

3.卢家哥们儿如果只是打出两个脑震荡，就不会进去这么久了。

我从小是乖孩子，既不喝酒，也不打架，所以没有跟卢家兄弟混在一起。不过那个时候街坊关系还是不错的：夏天里，刚从农村拆迁过来的居民们不习惯关起房门自个儿消夏，往往在小区里借着棵小树拉起一架毡棚子，摆上桌椅；各家端出冷荤热素，有钱的人家再拿出台电视机显摆显摆，这样便能过一夏天。暑假里，我们在席棚内外蹿蹦跳跃，看大人们喝酒，学习吹牛×技巧，不亦乐乎。其时卢大江还是个半大小子，喜欢下棋，总缠着我父亲在席棚里摆一局。因此我跟他们哥儿俩还算挺熟的。多年以后，我父亲人前背后谈到卢家哥儿们，总是这么两句评语："臭棋篓子！不过酒量还行。"其间必定要停顿一下，撇一撇嘴。

卢大江是个凶神，卢大海是个恶煞，两人无论在哪里都能制造暴力事件。倘若只是卢大海闹事，那就只是暴力事件，因为他只会用暴力；但假使卢大江也掺合在一起，那必定是流血事件，因为卢大江不光凶恶狠毒，兼且长有功能完善的大脑，这跟卢大海完全不同，这使他成为我们这一片第一危险人物。在我的成长过程中，所见的大小暴力事件不计其数，但发生在我身上的只有了了数起。我们小区的孩子基本都挨过外头混混的打，像我这么弱不禁风的竟能幸免于难，多半与卢大海有关。他哥哥卢大江是个胖子，他则从年轻时便生就一副扇子面儿的好身材，胳膊腿上全是骇人的肌肉。我母亲总跟我说他不是好人，因为他从小就抽烟喝酒跳霹雳。我觉得跳霹雳这条判断标准实在是太牵强了，但又似乎没有必要因此顶撞母亲，便也跟着认为他不是好人。

后来有一次，卢大海在危难中突然出现帮了我的忙，让我对“好人”这个词彻底糊涂了。当时不知死活的我跑去学校附近的游戏厅玩。说是玩，其实没钱，就是过眼瘾。像我一样的孩子很多，分散在各个机台两侧，手扶机器，微启双唇，二目圆睁，脸上映着屏幕上不停变换颜色的光，那副蠢样子现在想来真是催人泪下。但当时还有比我们更蠢的——有些年纪大点的孩子玩游戏机没了钱，就跟着我们出门，到了没人的地方劫住我们要钱。这不是白痴吗！我要是有钱，会留到走出游戏厅的那一刻吗？我被拦住的那次，是在回家路上的小花园里。两个人高马大的孩子半蹲在凉亭的石凳上，那姿势看上去难受极了，估计他们觉得那样比较帅。其中一个开口问我“有钱吗”，另一个掏出一把削铅笔的小刀在手里转来转去。我又害怕又想笑，结果可能露出了不太友善的表情，那个拿刀的突然龇牙咧嘴地冲上来揪住我的领子，把我拎起来撞到凉亭的假冒伪劣汉白玉柱子上，撞得我眼冒金星。我看他举着我挺吃力的，刚想让他放下，他就像会读心术一样乖乖放下了，还往后退了几步。另一个孩子也从石凳上跳下来，老老实实站好。

然后我看见卢大海双手插兜走进凉亭来了，路灯给他投下了一个威武至极的影子。他走到近前，用坚如钢铁的食指在那孩子脑门上戳了几下，用一种特有的很难模仿的口气说话。“我们楼的孩子，”他说，“你们这些×崽子给我离远点。”那种口气是这样的：上下门牙在说话时尽量不分开，语速很慢，每一个字都在牙齿间摩擦震动成浑身是刺的样子才蹦出来，听上去冷极了。那一刻我觉得卢大海是好人。

接着他又说：“有钱吗？”两个×崽子便乖乖掏出一把零钱来，还贡献出半盒烟和一个打火机。卢大海每人赏了一个没什么声音但看起来很疼的耳光，然后用很快很低的声音说：“滚蛋！”这两个字是这样说的：“滚”字发音很不完整，且轻，快，一下就滑到了“蛋”字上；“蛋”的发音则极重，发自丹田，掷地有声，说之前不知为何还要咬一下舌尖。这样说这个词时，仿佛他只说了个蛋字。我整理整理衣襟，对他一竖大拇指：“真是好狗护三邻——”话音未落，他就生气地大叫：“滚蛋！”声音高了十倍，我赶紧就滚蛋了。其实我话还没说完，后面是：好汉护三村。此时我又觉得卢大海果然还是坏人。

好人和坏人，实在很难划一条清楚的界限。有的人做这件事时是善的，做那件事时是恶的。有时是立场问题，你觉得是善的，我觉得是恶的。有时你判断一个人善或恶，但这种善或恶却有瑕疵，例如一位大慈善家实际上是恋童癖，一个强奸惯犯从火场里救了十几个人，很难说到底谁是谁的瑕疵。如果尝试用简单的善或恶去定义一个人，就会陷入幼年的我所遇到的困境。而一旦接受了同一个人可善可恶这个想法，心里就轻松多了，因为自己也是这种货色。我开悟这一点相当晚——是在2008年看《撞车》的时候才想明白的。《撞车》里有个黑人演员，实际上是个歌手，名叫卢达·克里斯，我看的时候呵呵笑着心想：这哥们儿可能是卢大江卢大海他们家外国老三；就在此时，我才想起了这俩人，因为当时距离他们惹下塌天大祸已经三年了。

关于他们惹祸的传闻中另一个出入极大的变量就是当晚他们喝的酒。有人说是喝白酒，喝了四瓶二锅头；有人说是喝啤酒，一个人喝了六瓶。开什么玩笑，这些量还不够卢大江一个人解渴的。我为了求证这件事，或者说是打着求证这件事的招牌，去找卢家的老父亲聊了一次天。这老头如今已经七十多了，耳朵不好，说话很费劲。他喜欢抽烟，还是烟袋，烟味儿非常之冲。老太太不让在家抽，就在楼道里抽，我们就是在楼道里聊的。我闻了一个钟头的二手烟，将来我要是得了肺癌，肯定得找卢家算账。

事发当晚，两人喝的确实是啤酒，喝了一箱。有关一箱啤酒的事，很多街坊聊天时都叹道：“一箱啤酒对那两个人算个屁？派出所真是太没有见识了。”他们这么说是因为，录口供时，警察听罢“一箱啤酒”，拍桌大怒：“严肃点！”卢大江说：“没吹牛×，真是一箱，不信咱喝一回。”卢大海说：“就一箱而已，也值得吹牛×吗？”这是后来两个人分别跟老头说过的，老头看两个儿子喝了半辈子酒，应该没必要替他们吹。喝啤酒的事就是这样的。此外，两人都十分清醒，没有喝多，证据是他们动手打人之前还结了账。对这一点我非常吃惊，因为在我见过的各种大小阵仗里，都是说两句场面话，或不说，就直接开打，还真没见过有时间淡定地交钱带找钱的。我这么一问，老头在台阶上一磕烟袋锅子，笑道：“你听他们放屁哪！根本就不是在大排档打的！”

这老爷子很爱笑，好像没什么烦心事，又好像烦心事太多懒得烦了，干脆笑笑作罢。以下内容，是他一边磕烟袋锅子，一边用各种方式笑着讲的。

那个夏天的晚上，卢大江和卢大海在小区门口的大排档要了一箱啤酒，也不怎么说话，就频频举杯。这并不是因为他们不开心。这世上像他们这样亲哥儿俩跑出来喝酒的实在太少了，喝酒都是跟哥们儿朋友喝，可是哥们儿朋友没有人是对手。江湖太寂寞，两人只能抱团取暖。偶尔聊上一两句，内容不外乎如此：“那天我把×××打了。”“哦，是吗？我也一直想打丫的。”

正喝着，一阵笃笃声响，卢大江回头一看，来了个要饭的老太太。该老太太十分之整洁，穿的不是要饭制服，而是一件大背心，一条灯笼裤，都不很脏，也没有补丁。老太太头发整齐，脸和手上都没有泥，连指甲缝都很干净，用卢大江的话说“比我都他妈干净”。但是她一见面就颤巍巍地伸出手来，用极小的声音说：“给……给口吃的吧。”

卢大江交代说，当时他笑了一下，但不知道为什么要笑，事后非常后悔。老太太脸一红，一瘸一拐地慢慢走向卢大海，大概以为他浓眉大眼的会善良一点。殊不知卢大海眼睛虽大，眼仁儿却小，这种人都是恶煞，譬如钟馗。卢大海开口就问：“你是头天要饭吗？你这身行头不行啊！”然后两人便哈哈大笑起来。老太太呆在当场，双手还保持着捧水的姿势。呆了一会儿，她低下头，缓慢地转身，跛着一只脚走了。

卢大海说，他见的要饭的多了，瘸子占很大比例，瘸子老太太在瘸子中又占三分之一。但是这个老太太瘸得不一般，一看就是真瘸，因为她每走一步颠一下，颠得极快，与她缓慢滞重的步伐形成极大反差，看起来是因为每一步都非常之疼。卢大海喝道：“老太太，腿是真瘸吗？给爷儿们看看，真瘸的话给你口吃的也不算什么。”后来警察问他为什么这么说，他说“好玩儿”。此即人之恶。说完他觉得老太太肯定羞愤难当地走掉，结果老太太回过身，然后慢慢弯下腰，卷起裤腿，露出左腿上巨大的一块淤青。

卢大海厮杀半生，什么样的伤都见过，这伤一眼就看出是真的，且是新伤。卢大江一见也吃了一惊，问：“怎么弄的？”这句话一出口，老太太往后便倒，扑通坐在地上号啕大哭起来。

老太太说，她就是本地人，儿子家就在西里小区住。因为儿媳妇太恶，婆媳天天吵架，媳妇动手就打人。这本是世上既平凡又无可奈何之事，没想到儿子不但不劝，竟然帮着儿媳打老太太，且比儿媳出手更重。儿媳只是用手打，儿子用铁棍打，看样子是真想把亲妈活活打死。最后一次，老太太跑出来，不敢回家了。临走时儿媳妇拎着茶盘边丢飞茶壶边喊：“老不死的别回来！回来打断你的腿！”老太太无法可想，只得要饭。有一次要饭被儿子当街看见，冲上来就打了一顿，末了还连累了要饭的大排档，把客人的桌子都给掀了。腿上的伤就是那次用折凳打的。

卢大江跟卢大海听完，像两只吃多了的鸭，对视无言。过不多时，卢大江突然笑了起来。笑完他问卢大海：“这种浑蛋按说咱应该认识吧？”卢大海说：“不认识也得会会啊，遇高人不能交臂失之，打老太太这本事，我还真没有！”两人结了账，架起老太太便走，此时一箱啤酒还剩两瓶。

“走，老太太，上你们家串个门儿去。”卢大江说。

要我说，这纯属大排档掌柜的没经验，看见此等场面，就算不明白前因后果，只要认出是大江大海，就应该先报了警再说。

老太太耐不住他两个威逼利诱，带着上家去了，因为他们说跟儿子认识，都是喝酒的朋友，想去劝劝他。他们把老太太藏在附近的一辆残破的棚子里，嘱咐她无论家里出多大动静都别出来，然后就去叫门了。噢，天哪，想想都觉得恐怖，被这两个人半夜叫门是什么感觉？一会儿，门开了，不等那浑蛋儿子问清，卢大江踹门就进，卢大海冲进卧室把女的揪了出来。接着，一场残酷的审判开始了。“打亲妈了没有？”一拳。“打女人了没有？”一拳。“打老人了没有？”一拳。据说那小子还分辩哪：“你们说的这三条不都是一个事儿吗？”为此额外挨了一拳。卢大海问：“你拿什么打的你妈的腿？”浑蛋儿子还没说话，女的尖叫道：“折凳！”其节操真令人折服。卢大江吩咐：“去给老子找个折凳来。”结果这家还没有折凳，那女的便举来一把硕大的木椅。卢大海接过，卢大江熟练默契地在儿子膝盖窝一踹，领口一拉，整个人放倒在地板上。卢大海刚要摔椅子，卢大江突然说：“等会儿！这女的怎么办？”

卢大海放下凳子，扭了扭脖子。“还是你他妈有经验。”他说。

“废话，你才哪儿到哪儿？”卢大江说。然后他揪起面部被胖揍一顿已经接近双目失明的浑蛋儿子，指了指他媳妇：“你他妈不是会打娘们儿吗？来，今天老子跟你学两手，给我打个样儿瞧瞧。你怎么打的你妈，你今儿个就怎么打你媳妇，你要是不打，我兄弟动起手来可没有轻重。”那小子大概是记起媳妇给拿椅子的仇，听完以后都没犹豫，抄起椅子就是一个跨虎登山，接着就是一个泰山压顶。

等女的已经不成人形之后，卢大海又抡起散了架的半把椅子，把那小子两条腿都打折了。正当他打算袭击第三条腿时，七八个训练有素的黑衣人破门而入，把两人都控制住了。两人倒剪双手被押出楼道时，卢大海破口大骂：“谁他妈报的警？谁他妈×报的警？我×你妈了个×！”但是此时骂也无用，他们猜也猜得到，并且也猜对了，是老太太求街坊报的警，而该老太太早就没有妈可×了。

听警察说，那个儿媳妇最严重，好像成了植物人；而浑蛋儿子身强体壮，除了腿伤以外竟无大碍。这个案子在民事上好像还挺复杂的，也不知怎么搞的，卢家老头并没有赔多少钱，只是两个儿子都进去了。我问：“这几年日子过得苦吧？”老头一笑：“大江大海没进去的时候也管不了我吃喝啊。”我一想也是，他们喝啤酒的钱都说不定是附近哪个倒霉的初中生那个月的零花钱。

我们楼的人大部分都相信老头讲的这个版本，称之为“一箱啤酒引发的血案”。虽然其中有些地方在叙事手法上出现了超视角的问题，但就算是编的也还算合情合理；除了没赔多少钱这一点匪夷所思以外，都是前因后果顺理成章、人民群众喜闻乐见的情节。只是，有一次闲得没事重看《撞车》时我更加困惑了。在大江大海的身上，到底是善多还是恶多？他们闯门打人，违法犯罪，算是十恶不赦呢，还是惩恶扬善？或是纯属一箱啤酒喝完了闹事？那个浑蛋儿子出重手把媳妇打成植物人，算是懦弱，还是恶呢？老太太报警，应该还是不应该呢？我当时觉得我的法学真是白学了，后来又一想，我本来就没学，都打星际了，也难怪我没有当律师。这种问题，我这等肤浅之辈去管它作甚？前几天在网上看了一段视频，是一些闲得发慌的有钱人拍的。他们在酒吧架设隐形摄像机，由演员扮演酒保、善良的女子和流浪汉，唯独吧台的一位客人是真的，全不知情。善良女子从门口请进一位流浪汉，给了20美元让酒保给他点吃的。酒保佯作不悦，等善良女子一走，就要把他轰出去，以此来试探旁边那位客人的反应，并偷拍之，真是“大德福改了福记——缺了大德”了。结果其中一位光头佬，先是跟酒保一起用刻薄的言辞羞辱流浪汉，等流浪汉被轰走之后，他突然天良发现，给流浪汉买了个墨西哥肉卷。当时我想，幸亏卢大江卢大海不在美国。他们俩要是参加这个节目，如果天良没有发现还好，一旦天良发现了，搞不好要闹出人命来。

在身边>>>

/ 贼来十步乃呼我 /

《三国演义》第11回有这样一段描写："马军队里，一将踊出，乃典韦也，手挺双铁戟，大叫：'主公勿忧！'飞身下马，插住双戟，取短戟十数枝，挟在手中，顾从人曰：'贼来十步乃呼我！'遂放开脚步，冒箭前行。布军数十骑追至。从人大叫曰：'十步矣！'韦曰：'五步乃呼我！'从人又曰：'五步矣！'韦乃飞戟刺之，一戟一人坠马，并无虚发，立杀十数人。"这段描述是典韦在书中给我留下的为数不多的深刻印象之一，写得生动，画面感也好。古今无数人因此而喜欢上了典韦，而不是因为他在主公泡妞时站岗放哨而枉死。因为这段描写太过于英武，我小时候读三国甚至都没好好想一想其中的细节，每次到这里都因为热血沸腾而翻得很快。直到业内著名的“董青青事件”发生的多年以后，圈内闲杂人等（如我）吃饭喝茶时屡屡将该事件与典韦的“贼来十步乃呼我”联系在一起讲个没完时，我才忽然意识到这个场面所传递的那种让人腿软又让人安心的复杂气息。此事得从董青青出世讲起，若是说书，这是一段倒笔书，不爱听倒笔的人管这叫“倒粪”。其实这不是倒粪，因为不讲讲董青青其人，外人无法把大将典韦和一位亭亭玉立的少女联系起来。

董青青比我小三四岁，但是入行却比我早。在所谓“董青青事件”之前，此人早就在行业内闯下名气了，能被称作“董青青事件”的事件简直不胜枚举，一会儿讲几件。现在先讲讲这孩子本身。如前所述，这是一个亭亭玉立的少女，直观地描述，其身高至少有一米七五。该少女皮肤白皙，浓眉大眼，一头短发十年来没有变过，总是维持着精确的长度，给人以每天理发之感。在她短暂急躁的青春期，她把全部营养和发育的机会都留给了身高，因此不独非常之瘦，兼且平胸，就连嗓音都是一副巴松管的质感。我听说巴松管这种乐器，其原文名字的意思是“一捆干柴”，我看用于形容董青青也不为过。

总之，从多个角度审视董青青，把她错认为一个英俊少年是很正常的。第一个能称之为“董青青事件”的事件便是因此而起。据说她来公司面试当天，从会议室出来之后去上厕所，结果一位猥琐的程序员兄弟看到她的背影后，马上冲到行政部，高喊："有个男的闯进女厕所了！"引起轩然大波。由于我们公司是做网游的，常有玩家上门闹事，行政部当然以为是重大事件，结果派去厕所抓人的大姐被一阵声震屋瓦的巴松管式的少女嗓音大骂出来，抱头鼠窜。这就是董青青来公司的第一天。

第二个"董青青事件"发生在第二年的元旦。你们知道，网游从业者实际上是一些服务业人士，跟那些常常被依法取缔的行当有很多共同点。一个显著的共同点就是用户越闲的时候我们越忙，像元旦这样的日子如果因为加班不能回家简直太正常了。董青青作为市场部唯一没有男朋友，也没有女朋友的员工，自告奋勇地留了下来。那天晚上按照惯例当然有丰富的线上活动，也是玩家闹事的高发期，因此客服部也留了不少人，大家以各自的方式过着新年，等着闹事玩家登门或倒霉的服务器当机，等等。市场部的办公室里，最开始打CS，然后打星际，最后没的玩了，大家就打扫卫生，号称扫房。扫房时，董青青并不干活，而是扛着一把不知哪位同行送的游戏周边四处监工，那个周边是一把硕大的长剑。这时，她突然觉得新年应该有音乐，于是就在自己的电脑上放起了音乐。当时放的什么歌我已经不记得了，只记得是一位声音沙哑的老年摇滚歌手唱的，歌词很简单，大意就是：×你妈了×！×你妈了×！董青青听得很高兴，扛着大剑边跑边大声唱：“×你妈了×！”此时，恰逢客服部的一位温柔可人的妹子推门来汇报活动的情况。我想，她大概是敲了门，但里面实在太吵了，她只好推门就进，所以这酿成了个悲剧。只见门开了一道缝，妹子怯生生地探进半张脸来，而董青青则扛着一把巨剑，以狂战士的威严仪态跳到她面前，大喝道：“×你妈了×！”

客服部的妹子梨花带雨地哭了一番，谁劝也没用，第二天就辞职了，她说从没有受到过这样的羞辱。董青青十分愧疚，反复向妹子道歉：“我并不是要×你的妈，不不，我谁的妈也不×……”于是我们再也没有见过这个抗压能力不强的客服妹子。作为处罚，行政部没收了董青青的音箱和巨剑。这让她一度非常沮丧，只有我们这些关系好的人知道这是为什么——这是两件对她有象征意义的东西：音乐和武器。她认为，人活着，必然有自己要保护的人和东西，但同时也必然存在着比自己强的人。要在比自己强的人面前保护自己爱的人和东西，必须有武器。此外，还要有运用武器的技术，和强化灵魂的东西——音乐。当时，“中二病”这个词似乎还没有被发明出来，或者是还没有流传到这里，因此我们临时用“傻×”这个词来定义她。她却不以为然，说我们不懂“武”的含义。

关于“武”的含义和“中二病”，可以插一个小故事来说明一下我们当时是怎么看董青青的。同样是在这个是非多的行业里，有一位身材高大的男子，在一次商务洽谈时跟乙方聊到了武术。这人认为自己是一个武学大家，练过某某拳，是少年武术冠军等等，非要教乙方的代表打架。乙方的代表是个和蔼可亲的小胖子，当然这只是表面现象。小胖子不敢违抗甲方大爷的旨意，推脱不掉的情况下，只好答应。周末，两人在紫竹院公园见面，武学大家自恃身份，让小胖子先动手。小胖子抡圆了给了武学大家一个脖儿切，武学大家立刻晕倒了，很久都没有起来。这个故事告诉我们，每天把武挂在嘴上的，都是嘴把式、神经病、幻想狂。他们见谁都在想用什么招数能把人放倒，而实际上自己一招就要晕倒个半晌。有一回董青青跟我们聊武学，把我们说烦了，有人便假作无意地讲了这个武学大家挨脖儿切的故事。从那以后，董青青就不再谈武学了。于是我们私下里说，青青从一个傻×少女，变成了一个低调的傻×少女，这毕竟是一种进步。

除了行为异常以外，在其他方面，董青青是个很招人喜欢的女孩子。当然，也可以把“女”字忽略掉，因为我们除了不一起洗澡之外，干尽了男孩子之间玩耍的坏事。她跟所有男员工关系都不错，除了一个坐在斜对面的胖子，因为这厮太过于爱岗敬业，总是不回家。他夜里睡在一个散发着阵阵毒气的睡袋里，早上一出来，办公室臭气熏天。每逢此时，董青青就拿出一罐超大号的空气清新剂对着天花板喷上三十秒钟。我们都觉得早晚有一天她喷烦了，会直接用那个危险的罐子打死那个胖子。董青青还精于CS跟星际，在部门里，要想在她面前争点面子（只有争面子时我们才意识到她是女孩），就得使出类似田忌赛马的战术，a员工与之打街霸，b员工与之打侍魂，等等，即便如此还是常常落败。在少数能击败她的场合上，她总是捋起袖子大喝：“妈的，看老子拧断你的脖子！”然后嘴里发出类似关节碎裂的声音张牙舞爪地满楼道跑。这也就是说，她终归还是行为异常的。但是我们还是喜欢她。其中一个原因，尽管我们都不愿意承认但我们早就意识到了的一点，乃是她出色的相貌。不可否认，无论作为一个女孩，还是作为一个复杂的几何形体，她都是美的。这也能解释为什么她×了客服妹子的妈，客服妹子走了，她却活了下来。因为大家都从一见面就开始喜欢她。她充满健康的气息，像只湿漉漉的小豹子一样感染着身边的人。她能让团队效率上升。她犯神经病时，可以成为整个团队释放压力和怨气的出口(因为我们经常揍她)。她的存在就是一个奇迹，而且她还在此基础上一次次地创造更多的奇迹。例如，有一天领导叫她谈话，准备给她涨工资。没多久，她就被骂了出来，身后关上的门发出爆炸般的声音。我问她："怎么了？为什么挨骂？"青青撇着嘴说："我问领导能不能把我的剑还给我。"我笑得差点儿魂归女神的圣殿，我拍着她的肩说："成为一个不用武器的武者，保护你爱的人吧。"而前面所指的"奇迹"是说，尽管她因为要剑被骂了出来，但最后还是涨了工资。

七月里，董青青恋爱了，这事所有人都看得出来。她的女朋友是个女的，虽然这是一句屁话，但还是有必要交代一下。当然，她没有找一个男朋友，我们并不意外。我们发现她的女朋友娇小玲珑，楚楚可怜，是一个小鸟依人型的女孩子，跟此前被她×走了的那个是同一类型。这真是舍近求远。两人的工位本来就挨着，平时总是窃窃私语，说到开心处，女朋友掩口娇笑，而董青青则抚掌大笑，其发音类似于："呼嚯哈哈哈哈。"若有胡须，想必她要捋上一把。此时距离"董青青事件"还有两个月的时间。

九月初，事件爆发的当天，正如珍珠港事件爆发前在甲板上挥杆击球的美国军官，我们所有人都对这一起被后世的历史学家称为“董青青事件”的聚众斗殴事件没有任何准备。我像每天一样上班，像每天一样喝了太多的水，像每天一样去上厕所。从厕所出来时，我的部门领导把我推了回去，低声喝道：“别出来，打架呢！”我探头探脑地一看，十几个奇装异服的年轻人手持可笑的棍棒，正在制造巨大的噪声。他们从前台一路打过去，见电脑就砸，见到文件就抓起来往天上一扔，但是并不打人，显然是制造混乱的老手。他们还砸烂了每张桌子上的电话。末了，他们拐了一个弯，进了我们部门的办公室。我对领导说：“办公室里都是姑娘啊，咱们得过去吧？”领导想了想，抄起一把墩布递给我，自己拿了个长柄的簸箕，准备杀出去玩儿命。

就在此时，只听一声爆响，我们办公室另一端的门开了。从敞开的门里，传出震耳欲聋的歌声：“×你妈了×！×你妈了×！”以此音乐为背景，一个个奇装异服的少年以身体的不同位置为轴，肢体画着奇妙的圆形陆续摔出门来，重重地撞在墙上，摔在地上。然后是一个头上套着睡袋的家伙被我们部门的胖子举着摔出门来，在墙壁上可笑地弹了一下，打了几个滚就不动弹了。接着，董青青拉着女朋友的手，势如破竹地闯出门来，向我们跑来。在她们身后，两个人高马大的戴着墨镜的汉子发一声喊追了上来。女朋友回头一看，吓得花容失色，大叫道："他们来了！"那一刻，我跟领导在厕所门口露出复杂的表情，死的心都有了。而董青青显然只想让我们死得更快些：她从腰带上抽出一件暗器，回手就是一翻天印，一个汉子应声倒地。只见董青青跑到切近，把女朋友往男厕所里一塞，嘱咐我们："看着点儿！"然后转过身，右手前，左手后，两肘微沉，目穿虎口，眼中射出两道凶光。我只道她又要犯病，举起墩布抖了一个金鸡乱点头，准备上阵讨敌。但一切只在两秒内结束：另一个墨镜汉子像没看见似的越过我，伸手要去打董青青。此乃自寻死路。董青青双手一错，擒住来人一只手腕，也不知道怎样一推一拧，那个不积德的汉子便凌空飞起，摔在楼板上，发出恐怖的一声响，接着就不动了。

这时，其他部门的男员工像香港电影里的警察一样准时出现，制伏了早已摔得歪七扭八的不良少年们。连楼上公司的人都跑来帮忙了。那些奇装异服的孩子一碰就龇牙咧嘴地叫疼，细一查点，个个关节脱臼，要不就是哪里摔断了，最后只用了两个大厦保安就把他们全部押走了。我跟领导丢下墩布和簸箕，跑去查看董青青翻手抛出的杀人暗器，发现是一罐大型的空气清新喷剂。我俩就像一对白痴旱獭一样对视了45秒，然后转过头去看董青青。她正在给从男厕所爬出来的女朋友整理耳畔的发丝。“我说过的，”她柔声道，“你是我要保护的人。”

听完，楼道里大概安静了3秒钟，然后我和领导便发出震天的笑声。其实都是他一个人发出的，我这人不会出声笑，此乃生理缺陷。这个生理缺陷救了我的命。只见董青青扭过头看着我们的领导，眼睛里闪着勇敢坚毅的光芒，脸上却没有任何表情。

“有什么可笑的吗？”她用巴松管的低音问。这一问，立刻把我的领导冻了个梆硬。

我露出一种“懂了”的表情，对她报以微笑。“一点也不可笑。”我说。

此时此刻，我确实是这么觉得的。她挂在嘴边的被我们视为傻×神经病的梦想，被她在不知道什么地方、什么时间，用不知道什么方法，一遍又一遍地反复练习着。她一定风雨无阻、挥汗如雨，大声呐喊着练习一招一式，或是为了纠正一个错误的姿势而站上一整个星期六，抑或是为了体会实战的感受而被摔伤了后背。而这一切肯定在她遇见要保护的人之前就开始了。

于是，我对自己说：你应该学会尊重你不懂的人。再看董青青时，她已经回到了旁若无人的、渺小但光芒四射的二人世界里，一下一下地重复着整理女孩耳边头发的动作，脸上现出温柔的神采。多年以后，当我再次想起那个场面时，我后悔没有把它拍摄下来。标题就叫《中二病也要谈恋爱》。

/ 兔儿爷 /

兔儿爷姓徐，公司的同事原本都叫他老徐。“兔儿爷”这个外号是他辞职以后才得着的。人都走了，才得到一个外号，一般来说这不是什么好事，依我看，这应该算是他的谥号才对。但这似乎又有什么不妥，我便没跟老徐说，依然叫他老徐。

老徐辞职前是一个程序员。他有扎实的程序功底、良好的编写习惯和深厚的实战经验，还去法国留过洋。我所认识的程序员，大多不太在意生活上的细节，而老徐则完全相反，是个感性的人。这又与其100千克的身材和一口豪迈的东北口音不太匹配。举例来说，他冬天上班手冷，打字速度下降。为了解决这个问题，老徐斥巨资购买了一个不锈钢煤油暖手炉，最后差点儿把公司点了。

在公司，老徐喝的茶是最好的，他也是我见过的第一个活的喝白茶的人。此人还是个文艺中年，其放在公司公共书架上的藏书乃是我公司第二名，在我之上，仅次于艺术总监。艺术总监是个文艺老年，书架上都是些画册、名著精装收藏版之类的东西，做不得数。而老徐的藏书都是些很正经的小说，譬如塞林格、卡尔维诺等大路货。一般来说，在公司存放这种书籍皆属于作态，因为多数文艺中年早在二十年前就看过这些基础读物了。我和老徐是特例，我是因为读书少，近年才开始识字；老徐则是真心喜爱这些书，翻来覆去地读。老徐还喜欢看电影，我们交谈时若谈到电影，就像一位新上任的母亲谈到孩子一样，很难收场。有一回，我对老徐发牢骚说："有个电影叫《杀手乔》，真是太不好看了。"老徐闻言，烟掉到了地上，捡起来恶狠狠地对我说："甚矣，汝之不惠！这是近年来难得的好片子！"我不失时机地问："你喜欢《慕尼黑》吗？"老徐说："也喜欢。"我于是断定我们属于两个星球的人了。

《杀手乔》里，有个脆弱的精神分裂症少年，对他雇用的杀手讲他过去开农场养兔子的经历。那段台词的大意是：养兔子很爽，给自己干活，傍晚喝上一瓶，看着兔子不停地交配和生小兔子，最后终于精神分裂了。老徐听我说完，勃然大怒，喝道："放屁！"然后开始用英文复述起那段台词来。遗憾的是，听完之后并没觉得跟我说的有什么不同，反而觉得老徐也精神分裂了。当时并没有意识到这就是老徐对养兔子这件事的感情根源。转过年来，老徐果真辞职去养兔子了。

有一天,我正在办公室接受老板的批评教育,老徐敲门进来了。“正好你俩都在，”他说，“说个事儿。”你知道，当一名员工对你说出“说个事儿”这四个字时，他铁定是要说辞职的事。他要是想加薪，或是想请长假，或是想扎谁的针儿，都不会说这四个字，唯独辞职。果不其然，老徐对老板说：“我走了，辞职，不干了。”老板当然按照游戏规则,做惊愕状,俄而问道:“你找着新公司了？”这时老板的心理活动是这样的：你小子要是找到了新公司，说明你最近这段时间就没正经干。搞不好你还接了私活！你要是没找到新公司就辞职，那——那就——那谁信呀？所以老板问出这句话时，表情十分凝重，语速十分缓慢。因为这一句话里包含了三个问题：你找着新工作了吗？你要干吗去？你什么时候走？信息量是非常巨大的。没想到老徐徐徐地说了一句话，把三个问题都回答了。

“我过年回家，就不回来了，打算养兔子。”

留过学的人分为两类：一类是任何事情自己都做不了决定，一类是任何事情都自己说了算。老徐当然属于第二类，是个拧种，做事非常决绝，平素里就不太好沟通。他要是说他打算干什么，那是一定要干的。最后的结果与他的打算唯一的区别就是：他过年回了家，然后又回来了，最后在北京郊区养上了兔子。这件事在公司成了话题，大家总是说起老徐，说一个资深程序员为什么回去养兔子，为什么要在北京养兔子，为什么不养猪不养鸭子偏偏要养兔子，等等。并且大家还给老徐添了个外号叫“兔儿爷”。带着大家这些纷繁复杂的疑问，在一个暖和的周末，我开着车去看老徐，想要摸清这些问题的答案。当然这只是一种说法，真正的原因是我跟老徐的交情很好。要知道，当时我是产品经理，产品经理能跟程序员交情好，只能说明两个人都是大好人。想到这里，我挺起了胸膛。

我和老徐，以及另一位姓王的员工，并称为公司的“三老”。表面上这是尊敬我们仨入职时间最早，其实是狗屁，我们心知肚明。这是揶揄我们精神不正常，太早步入了老年的精神状态。那位老王本身长得就比较着急，脸上沟壑纵横，实际年龄也是我们仨里面最大的。他喜欢摄影，热衷于带上一套超级长焦去拍些花草风光，并且还能把这些片子卖个好价钱，来买一种罕见的进口香烟抽。我则喜欢养金鱼，也不知道养金鱼碍着谁了。老徐除了每日里捧个不锈钢煤油手炉之外，桌上还摆满了葫芦，花梨紫檀的手串和小把件（皆是真货），紫砂壶和上好的茶叶。有一回公司安排出差，我们仨阴差阳错地凑在了一个车里。路上，老王对我们说：“你们知道我现在最大的愿望是什么吗？就是立刻退休，每天一早到景山上拉京胡去。”我和老徐抚掌称善。其实我是想立刻退休，买一口巨大的泥盆养上几十尾上等的墨龙睛，而老徐当时肯定在想退休养兔子的事情。

老徐租的院子在一片桃树园的最里面，四面短墙看起来弱不禁风，我要是年轻几岁，骗腿儿就过。一进院子，一股浓烈刚猛的气味扑面而来，把我熏了个跟头。然而这不是传闻已久的家兔的骚味儿，而是一种类似于北京大雾天儿常能闻见的烧秸秆子味儿的加强版。穿过云雾定睛一看，老徐正坐在房檐儿底下，抽一个超出必要限度的巨大的烟斗。窗台下面摆着几个罐子，一壶茶，一个在知青题材的影片中常能见到的外围有带网眼的铁皮的大暖壶。老徐见我来了，满脸带笑，呈古稀老汉状缓缓地站了起来，从嘴里摘下烟斗冲我一挥，冲我喊了一句：“别踩着兔子。”

关于养兔子，我在电视里看过几眼，因为我父亲特别喜欢看中央台农业频道。农业频道除了化肥广告以外，基本上就是演各类种植和养殖的教程，画面中的农民伯伯十分辛苦，忙上忙下，腰都直不起来，哪有闲工夫抽烟？而且我分明记得兔子是在笼子里养的，鸡才是在院子里养的。像这种满地跑兔子的场面，我还是头回见着。我绕过几只肥大的兔子，在老徐旁边找了块干净地儿坐下。其实院子里处处都很干净，除了烟味儿大以外，也没有什么动物园味儿。老徐从兜里掏出手机，含着烟斗，歪着头皱着眉，在屏幕上指指点点，耳轮中只听得“咔嚓”一个雷响，院子门自己关上了。

老徐虽然相貌粗豪，实际上非常聪明，且动手能力极强。当一个人既懂工程，又懂编程，手头还有全套德国电动工具时，他就可以做出很多匪夷所思的东西，比如用安卓手机控制的遥控门。这是为了有人敲门或客人忘记关门时不必站起来就能开关门。同时，这也说明老徐是个彻头彻尾的懒蛋，以至于他连客人走时都不站起来送客。对于我这项指控，老徐回答道：“我这儿除了你，没有客人，来的都是大队和防疫站的，他们向我推销各种针头和药水儿。”我看了看眼前满地乱蹦的兔子，大致能想象出防疫站的人来推销针头时的场面。

中午饭不出所料没有兔子肉。对此，老徐表示并非因为养兔子就不吃兔子肉。他问我：“你养鱼吗？”我愣了一下，答说养了几条。他又问：“那你吃鱼吗？”我翻了翻白眼，端菜去了。隔着洒满阳光的玻璃门，老徐用筷子指着院里的兔子，讲他的养殖心得。

《杀手乔》那段台词，最初打动他的是“给自己干活”这句话。Work for myself. 简直太他妈的棒了。租一个院子，养几十只母兔，生百十来只小兔；卖得好与不好，都是自己的事儿。没有人盯进度，没有人下需求，没有人大发雷霆，没有人冷嘲热讽。跟兔子在一起，真是太安静了，因为它们不会叫。“你知道吗？”老徐嚼着生菜，“我可以养鸡，养鸭子，养猪，养狗，但为什么我最终还是养了兔子？这主要是因为兔子不会叫。”当然，现在人们都知道兔子临死前会挣扎着叫出一两声，声音跟娃娃鱼差不多，十分吓人。但你好好养它们，它们就不会叫。鱼虽然也不会叫，但它们需要一个昼夜不停制造噪音的大气泵。所以养兔子是最好的选择。

老徐认为家乡的冬天太冷，又不愿意为了养个兔子去个人生地不熟的城市，就回到了北京。租了院子，买了笼子、兔子和饲料，然后坐在房檐下开始抽烟，不知如何是好。就这么过了三天，兔子一个都没死，老徐开始觉得自己确实能养兔子了。因为在所有的网站、书籍和电视节目里，关于家兔养殖讲得最多的就是怎么防止兔子成批地死。他们百般折腾，科学养殖、古法繁育，总之把养兔子搞得跟宗教仪式一样，结果兔子还是大批地死。而老徐的兔子一只也没死，这简直是一种光芒四射的神迹。

于是老徐开始什么都按自己琢磨的来。春天暖和的日子里，他把兔子全都放出来，满院子跑。在院子里端着饲料走，简直就像踩梅花桩一样，且桩还是活的。到了该清扫院子的时候，他就把手机插在一个大功率的音箱上，对着院子放狗叫声。他觉得兔子耳朵这么长，总得管点儿用吧。果然，声音一响，兔子就跑到一角，挤成一个瑟瑟发抖的雪球。后来有一次，老徐按错了位置，播出一段新闻来，结果兔子还是像往常一样扑到一角瑟瑟发抖。

村防疫站来过几次，了解了情况之后，村里派了专家特地到老徐家的院子里指导。专家一进院子，差点儿当场晕倒，连说："太不科学了！太不科学了！"还问老徐是怎么处理尸体的，老徐放下一个兔子，拍拍手上的毛说："我没杀人啊。"专家临走时，留下了一盒针剂、一本书和一张药方，嘱咐老徐务必把兔子收回笼子科学养殖。说着，专家弯下腰提起两只兔子做示范，这一下差点儿要了他的命。老徐把手里的兔子往窗台上一放，指着专家大喝："你给我放下！你他妈给我放下！"专家一头雾水，战战兢兢地把兔子放回了原地。老徐走上前去，像抱孩子似的一手一个抱起两只受惊的兔子，放到笼子里。他转过身，对专家这样说道：

"你回家，就像你刚才那样似的，拎着你儿子的耳朵，试试他叫唤不叫唤。"

我对老徐说："你这种行为既显得没文化，又蛮不讲理，人家拎兔子都是拎耳朵，一把能抓四个，效率高。专家为你好，你还骂人家，这像话吗？”老徐摇了摇头说：“兔子耳朵长，不是因为拎起来方便。”我问：“那是因为啥？”老徐“嗯啊”了半晌，说道：“吃菜吃菜，喝酒喝酒。”

一年间我一共去了四次。最后一次去时，我一进门便看见老徐正叼着一嘴的钉子，蹲在地上钉堂屋的门槛。地上已经没有兔子了，因为兔子总是啃门槛，把堂屋的门槛啃没了，又啃自来水管上套的胶皮。快入冬时，老徐在院子一角储备了许多大白菜，心想兔子愿意吃就让它们吃吧。结果兔子非但不吃，还在上面神通广大地打了许多洞，纷纷钻到白菜的最里层去。为了防止它们憋死或者被白菜压成兔酱，老徐又得把山一样的白菜小心翼翼地搬开，最后竟然发现里面有一窝小兔子正在吃奶，母兔子神情坚毅地看着他，还伸起一只后腿示威。一怒之下，老徐把它们全都抱进了笼子，从此不再放养了。心想还真不知道兔子也打洞啊！不过想到“狡兔三窟”这个成语也就释然了。

我一边看老徐钉门槛，一边想这件事怎么开口。事情是这样的：公司的一个老项目的代码丢了一部分，现在需要用到这个项目的一些模块，新来的程序员们却摸不着门路。做过产品的人都知道，程序员是世界上遇到灵异现象最多的人，远远超过夜间护士和电梯司机。有时遇到的问题不但用科学无法解释，就连神学也无法解释。这种时候，只有三个解决方案：

1.找来原作者，他们往往看一眼就知道问题在哪里；

2.等一段时间，灵异现象会自行消失；

3.推翻重写。

从时间上考虑，方案2和方案3都是不现实的，而方案1则是一个成本低廉行之有效的好办法，在公司领导层看来肯定是这样的。于是我就被派来请老徐出山，因为老徐是那个项目的负责人，是几乎70%代码的原作者。我一路上都在想怎么开口对老徐说，但没想出来。更别说此刻老徐正在一脑门子火地钉门槛了。最后我决定不绕弯子了。

“老徐，跟我回趟公司，帮个忙。”我说。

老徐回头看了我一眼，继续钉门槛。我看他不搭茬，就前言不接后语地把公司的事情简要说了。老徐一边钉，一边摇头，场面一度非常尴尬。钉完之后，他就当我没说过这些话一样，拉我进屋喝茶，给我讲养兔子的心得。

这一年，一共死了两只母兔。一只是被遥控门夹死的，另一只企图钻进墙根的雨水管，结果因为太胖而卡住，等老徐发现时已经憋死了。其余的兔子极其顽强，吃的菜从来不洗，喝的水从来不烧，一切怪病都没得过。这只能说明老徐是个养兔子的天才。夏秋两季，产下许多仔兔，大部分在刚入冬时被专门收小兔的人上门收走了。那人看了母兔以后，想要买走两只，老徐不肯。那人又想买走一只公兔，说是皮毛甚好，冬季正宜宰杀。老徐对那人说："你没听过俗语常言道得却好，人有脸，兔有皮？"那人愕然而退。还有一次，外面果园主人带着小孩来玩，小孩一看见兔子，就想起数学课上的鸡兔同笼问题。这问题对老徐来说大概是一两行代码就能解决的，但当时老徐却说："你去找几只鸡来，咱们试试。"

这些事充分证明，老徐根本不是一个家兔养殖户。他是一个玩票的，一个宠物爱好者，一个大孩子。讲完这几件事，吃罢饭，下午阳光正好的时候，老徐叫我帮忙，把兔子一个一个地抱出来放在地上遛弯。他特别嘱咐我不要揪耳朵，这纯属多余。兔子抱起来超乎想象的柔软，且暖乎乎、沉甸甸的，如梦似幻。一下地，兔子们便奔向门槛，"咔咔咔"地啃起来。几只秋天出生的仔兔毫无目的地疯狂地满地乱蹦，像猫一样。一只公兔到处找母兔交配，但母兔均没有发情，屡遭拒绝。老徐端着一杯茶，踩着梅花桩一般绕过兔子递给我，边走边低声吟道："让一让，兔子们，生命短暂哪。"天光向晚，西北风一起，兔子们立刻不动了，整齐划一，让人想起《世界尽头与冷酷仙境》里的长毛独角兽，院子里颇为肃杀。老徐给兔笼挨个换草垫子、检查棉门帘，抱兔进笼，伸手进去捏捏兔子耳朵，有时候还跟兔子说几句话。他竟然还给兔笼制作了定时换水和集中供给饲料的高科技装置。我对他讲："有一天养兔子活不下去了，你就把这套东西连同遥控门一块卖了，能喝好几个月的好茶叶。"老徐笑道："要是活不下去了，先把那套德国工具卖了，能喝一年的好茶叶。"

兔子全部进笼以后，院子里不知为何立刻安静下来，静得让人不由自主地想吹口哨或唱歌。兔子多半时候都睡觉，除了放出来遛弯和夜里吃草的时候。我忽然想：这些小东西的性格跟老徐还挺像的。我问老徐："你养兔子是不是有这方面的心理原因？"老徐撇撇嘴说："如果性格像什么就适合养什么，你应该养土鳖，一定能发家致富。"收拾停当之后，老徐披上大衣，叹道："老子跟你走一趟。"

一路上我们一直在聊很现实的话题：怎样活下去。这个话题的起因是我问老徐仔兔卖多少钱一个，结果价格低得出人意料。我说："你这样能活吗？"老徐反问我："你知道兔子繁育需要多久吗？"我说："猫三狗四，兔子怎么也得五个月吧？"老徐点上一支烟，由衷地对我赞叹道："你真是个傻×。兔子是最疯狂的生育狂之一，怀孕到生产只需三十天，出了月子又能怀孕，子子孙孙无穷尽也。”我叹道：“真是迅雷不及掩耳！能与之匹敌的恐怕只有旅鼠和翻车鱼。”老徐又纠正我说：“翻车鱼不是生得快，而是生得多。”兔子是又快又多。所以像他这种野蛮养殖户，几十只母兔就能让他喝不错的茶叶了。我看，这里面扯淡的成分很大，但没有戳穿。毕竟眼下是有求于人。等到了公司，老徐也不跟人寒暄，只对新来的CTO说：“我要临时的最高SVN读写权限，全部的文档和代码，独立的调试环境。”说完，他又转过头来对我说：“我没带茶壶，把你的拿来给我。”此时，我又倾向于相信几十只母兔子的故事了，因为“给自己干活”实在是一个莫大的诱惑。由于老徐占了我的办公室，我没地方去，就负手站在窗前看夜景，脑袋里装满了兔子、鱼和土鳖。我从饲养想到繁殖，从生病想到死亡，从买种想到出货，从花钱想到赚钱，怎么想怎么舒服，思绪一路畅通。也不知我在窗前一动不动地站了多久，老板带了个不知什么来头的女客户从背后路过，大概是看见了我，女客户感叹道：“公司装修真是到位！这个兵马俑也很气派。”我一转头，把她吓了个半死。

/ 讨厌的人（1） /

我在很多场合说过：我从小到大关系最铁的几个朋友，都是规格不一的胖子。当然，如果跟我的体格相比，世上多数人都可以被称为胖子，而我这几位朋友则是其中货真价实的那一批。他们成年后的身高从一米七到一米九不等，体重往往都超过一百公斤，且大部分结实壮硕，令人畏惧。这大概是因为我从小就太过瘦弱的缘故。我在很多场合说过的另一件事是：我这人性格非常随和，几乎没有仇人，甚至很少有讨厌的人。倒是有不少人讨厌我，其原因从哲学观点不合到嫌我的文字啰唆都有。我啰唆这两件事的原因是，现在要讲一讲我讨厌的人。这类人十分稀少，且跟这两件事都有关系。

小时候我从杂志上看到过一个很不入流的笑话：一位美国人对朋友讲，他平生最讨厌两种人，一种是有种族歧视的人，一种是黑人。年幼的我对种族歧视由此产生了深深的不明所以的憎恶，结果长大以后，我终于在内心孕育出一类我讨厌的人，却带有一些种族歧视的味道。我对此非常内疚，所以很少讲这个。当我讲时，我讲的就是这类人中我最讨厌的那个。

在上一家公司上班时，大厦同一层的另外一家公司有位风韵犹存的女老板，特别喜欢跟年轻男子搭讪，甚至还请去办公室喝茶。一般来说，她喜欢请附近公司的一些显然带有小狼狗气质的青年去喝茶。而连我这副尊容也被请去过，大概是因为我那时候脑袋好使，口齿伶俐，又有一两个警察朋友经常来公司坐坐，给她留下一种神通广大的印象。因此，她请我喝了几次茶以后，托我办一件非常奇怪的事儿：跟踪她的一位网络工程师。

现在回想起来，我当时会答应帮这个忙，简直是脑袋进了水。这件事不但很涉嫌违法，而且还有生命危险，并且也没有说得过去的正当理由。何况，要跟踪的那个人还属于我小半辈子里唯一能算得上讨厌的那一类人。但是，当时距离我被摄影棚的摇臂砸到后脑还有七年，按说我的智力应该相当正常。其时我正沉迷于横沟正史，这也是一件现在想来不可思议的事——横沟正史到底有什么好看的？但也许正是这个原因促使我答应了那件事。年轻的时候，谁都想表现表现，能有机会受人所托当一回侦探，谁不想试试呢？换句话说，谁年轻的时候没傻×过呢？我就这样原谅了自己。

现在来说说那个被跟踪的倒霉鬼。此人是个胖子，但并不是与我那些朋友同一类的胖子。这是一类特殊的胖子，基本上，正常人都讨厌他们。前面我说，这里面有一点种族歧视的味道，其实当你了解到这一类人匪夷所思的兴趣爱好和所作所为之后，这种道德上的不安就顺理成章地消失了。这类胖子的特征有很多，如果全部写出来，恐怕不等写完我就要去吐一会儿，所以我只写其中一部分。比如：这些胖子的身材是一个梨形，而不是常见的酒桶形或球形。其实我不应该使用“梨”这个比喻，因为这样一来，我后面要说的话早就被《梨形男》说完了，谁又能在描述胖子这件事上跟乔治·马丁对抗呢。其特征中，当然包括玻璃瓶底般的厚眼镜（这种眼镜总是反射着一片可疑的白光让人看不见他们的眼睛）、脸颊松弛的肥肉、白得令人联想起刚刚变质没多久的米饭的皮肤、油腻的卷曲短发和肥腻的嘴唇。眼镜下面的一对小眼睛也具有鲜明的特征：它们的眼睑总是半垂着，遮住一半的黑眼珠。我观察过身边人的眼睛，多数人的眼睑都遮住黑眼珠上面1/4的部分。少数人平时就露出全部的黑眼球，此即常说的“目露凶光”。而现在说的这类人的眼睑则必须不多不少正好盖住一半的黑眼珠。关于嘴唇，即使让雷蒙德·卡佛这种懒鬼来描写，也会写上很长一段，比如：它们总是自然张开，无论这人是不是必须使用嘴来呼吸。面相学上似乎有一个术语叫作“唇驰”，说这样的人注意力总是不集中，其实这是错的。他们的注意力集中得很，只是集中的目标不太对路。并且，这种嘴唇永远是湿漉漉的，跟玻璃瓶底眼镜一起反射着点点寒光。它们似乎自身就蕴含大量的水分。不但如此，这样的嘴唇还有个特殊的功能：即便它的两端向下撇，也能令此人脸上有一种似乎对什么东西如醉如痴的微笑。

那位女老板让我跟踪的便是这类胖子中的一个活标本。他符合所有的特征，所有的。我之所以要强调所有的，是为了解除一些可能存在的误会。比如说，伤害某些与此无关的善良胖子的心。如果是那样，罪过就太大了，因为实际上符合所有的特征的胖子是非常罕见的，何况还要有特殊的癖好和行动。我上学的时候，班上就有这么一个胖子。他永远在出汗，一年四季从不间断。体育课上，这厮特别喜欢跟我们打篮球，我们都打不过他。这不是因为他打得好，相反，他打得烂极了；但他总是贴身逼抢，合理冲撞，那一身黏腻的汗膜犹如一件隐形的带刺软甲，真是所向披靡。

篮球是一项很耗体力的运动，要是你遇到一个对手，每次一出现在你面前，你就得屏住呼吸，那还打个屁啊？即便如此，在体育课以外的时间，我们并不怎么讨厌他，直到有一次他干了件难以理解的事。某节课上，一个女生突然尖叫起来，站起身跑到教室的后面去了。这种情况一般是因为有淘气的男生往铅笔盒里放了什么虫子，没什么可大惊小怪的；可我们过去一看，并没有什么虫子，铅笔盒里放着一张皱巴巴的纸，里面是一团卷曲的毛。彼时我们已经是有毛的少年，都很清楚什么毛会长成那样。一个男生还学着武松的口气道："你这毛，一似人小便处的毛！"大家笑了一番，把毛捏去扔了。结果当天放学，这个胖子就被揍了个半死。揍他的人先把他揪到存车棚的尽头（那里简直堪称刑房），问他毛是不是他放的。结果这小子一脸自豪的样子，完全没有否认，挨揍也是理所当然的了。就我所知，此人一共挨了三次揍：一次是阴毛事件。一次是偷女生的卫生巾。还有一次是在女厕所放了厚厚的一摞手写的黄色小说，女主角还是那个收到阴毛包裹的女生，那孩子也真够倒霉的。结果，这个存放黄色小说的蹲位被一个女老师先造访了。关于黄色小说的事，其实并没有真凭实据证明是他干的，连屈打成招的口供也没有，因为在那时候只要出了这种事，把他揪去打一顿也就是了，什么也不需要问。

所以你看，除了符合一系列复杂的生理特征之外，还必须有极特殊的业余爱好，才能成为这个讨厌的族群中的一员，这实在太不容易了。人的一生中能碰到一个符合这些条件的，已属不易，结果我竟然碰上了两个，而且目前我的一生还只进行了一部分。

女老板的公司是做公关的，员工大部分都是长腿豪乳、能摆出100种标准微笑的姑娘，这也是我心甘情愿去陪女老板喝茶的原因之一。这家公司只有两个男性员工：一个是保洁，负责打扫男厕所，还是兼职的（也扫我们公司）；另一个就是这位网络工程师。这么一个人在这么一个公司担任这么一个职位，会干出什么事，那是很容易想到的。比如，他可能利用职权和技术手段，往女性员工的电脑里推送淫秽图片，或是把浏览器的首页设置成色情论坛。正常的网管都在干相反的事。员工们纷纷找老板投诉，老板对于自己成了唯一没有受到骚扰的人这件事感到不知是喜是忧的同时，还收到了另一份投诉：一位女员工声称，自己最近在下班时被奇怪的人尾随了。

我的任务就是在一周的时间内，跟踪这位具有最大嫌疑的跟踪者。我问女老板："如果发现他有什么不法行为，需要拍摄证据吗？"女老板说，基本上他的不法行为就是跟踪，因为据那位姑娘讲，这位奇怪的人总是不能善始善终，在她快到家时，奇怪的人就走了，仿佛只是为了看看她住在哪里。这让她更恐慌了。我又问：“万一我跟踪的这几天，恰好发现他实施了犯罪行为呢？”女老板拍桌道：“那还拍摄个屁，打丫挺的呀！”我吃了一惊，以我的体格，怎么能跟一个200多斤的选手过招？女老板慢慢地放下茶杯，用冰冷的眼神看着我说：“年轻人，你还是不会看人哪，世界上恐怕除了霍金之外，就没有打不过他的人了。”

鉴于我的对手是一位资深的跟踪者，我预先做了很多功课。其实我连应该做什么功课都不知道，又不能去问我的警察朋友，只好照着电影和小说做功课。比如，我先去采访了那位被跟踪的女士。天可怜见，这位女士真是这家公司最没有跟踪价值的员工了，她的脸部占地面积是我的三倍，其中又有1/3的地方被无法用粉遮盖的痤疮和粉刺覆盖。其背影也并不撩人，四肢短粗，走路时两腿叉开，这一点倒是跟嫌疑人有几分相似。一靠近她，你就会被浓烈的香水味熏得失去斗志。据这位女士说，奇怪的人并不是每天都跟踪她，而是在其每周二和周五去医院时进行。至于她去医院干什么，我没有调查——只要获得时间上的线索也就足够了。

我问这位女士：“为什么不向警察求助，而是找老板？”该女士答道：“警察才不会相信我的鬼话呢。”这种新颖的说法我还是头一次听到。我问跟踪是发生在什么样的场合，答说是骑自行车。

一位小姐，或者一位姑娘，却骑自行车——这太可怕了。快到家时，该女士需要将车存在一个极其黑暗的存车棚内，此处乃是作案的最佳地点，但竟然没有发生一次犯罪事件，该女士看起来似乎十分不满。我又问从何时开始发现被跟踪，发现了几次。答说一周前，一共两次，一次周二,一次周五。我有些生气，又不知道生的是什么气。因为尽管次数少，但也是复数，像是女孩子被奇怪的人跟踪这种事，发生两次就已经足够恐怖的了。我下定决心，立即开始办案。

周五晚上，我借了辆自行车。公司楼下有一处通往医院的立交桥洞，里面极其黑暗，并且格局很奇妙，有很多处向内凹陷的墙壁。以前曾发生过公司女员工被愤怒的用户在此处堵截的事件。我就在这里等候。被跟踪的女士骑着车过去不久，工程师果然出现了。如此顺理成章，让我立即产生了一种让自己脊背发凉的想法：这不会是设给我的什么局吧！但是转念一想，到目前为止还什么也说明不了，你不能禁止一个猥琐的胖子下班骑车回家啊。于是我蹬起车追上前去。

本来，我应该在这里讲一讲跟踪的要领，但是我的警察朋友们看了以后，建议我删掉这些东西，以防教坏小朋友。其实我的读者里根本没有什么小朋友。书要简短，一路无话，到了医院。

此处有许多细节无法交代，比如我是如何快速获取一个能同时看到两个目标又不容易被发现且方便随时动身继续跟踪的地点的。在这个地点进行观察时，我吃了一惊，因为我发现工程师跟踪的对象可能并不是那位女士。他双手插兜，缓慢地穿过人群，目光一直跟着另一位女性。由于我当时在二楼，看不清这位女性的脸，但从发型和穿着来看，感觉至少有四十岁，我不禁惊叹于人类兴趣爱好之广泛。这位女性也很胖，穿着一件绿色羽绒服，卷曲的钢丝一般的烫发从一顶不太合适的红色毛线帽子下向四方散射出来。

当我下楼时我才发现原来该女子带着一个小孩。她用明黄色的毯子把孩子包裹得像虾饺一般，整个人形成了一个颜色鲜明的几何体，要跟踪这个物体真是太容易了。女子带着小孩排队看完了病，出了大门，把孩子塞进后座的小帐篷里，艰难地上了车，走了。当然，工程师很快出现在我的视野里。我一边推着车等着拉开距离，一边思考：这是嫌疑人跟踪的真正对象吗？这是一个固定的对象吗？此时，那位自作多情的被害人骑着车从我身边路过，因为我进行了伪装而没认出我。这也就是说，工程师因为跟踪其他对象的时间与这位女士出没医院的时间相近，所以被误认为是在跟踪她。

接下来的过程里，突然下起了弥天大雾，令人呼吸困难，像是整个脑袋都被塞进了灶膛里。最令人气愤的是，前面的工程师不知道从哪里变出一个骑行头盔戴在脑袋上。竟然有他这个型号的脑袋能戴的头盔！真是咄咄怪事。前面两辆车一拐，进入了一个巨大的老旧住宅区。雾陡然间又浓了三倍，我连前面那位妇女都看不见了。这是一个进退两难的局面：往前追可能会暴露自己，不靠近则会弄丢目标。正这么想着，工程师的车猛然加速起来，一头扎进了浓雾里，四下仿佛腾起了一股白烟，快速往他留下的黑洞里涌去。我暗骂了一声，加速追赶，猛听得前面一阵哐啷啷作响，接着是小孩哭妇女骂，再后来就没有声音了。

我把车停在路边一个看不清是什么东西的建筑边，弓腰缩背地往前摸索。我有点紧张，心想这胖子今天是要下手呀。难道是要绑架孩子？莫非已经得手了？正想时，孩子又从遥远的地方哭了起来。我循声走去，发现自己已经进入小区里一个被干枯的藤萝覆盖的小花园。每个小区都有这种小花园，这里是各种问题少年犯罪的高发地。我从小在这种环境里长大，一进园子就闻见一股犯罪味儿。果然，在一座凉亭的一角，妇女靠着柱子坐在冰凉的地砖上，怀里抱着孩子，孩子哭的声音像只濒死的小山羊。而我跟踪的对象正举着一个屏幕巨大的手机，给妇女看什么东西。

我猜，多半不是什么健康的东西。看了一会儿，妇女恶狠狠地骂了几句，其内容真是精辟透彻，一下子就把工程师的全部特点都用脏话概括出来了，只可惜不便印刷。

然后，工程师用一只手娴熟地解开裤子，对着妇女做起我预料之中的动作来。我彻底惊呆了，像一座黑色的冰雕般伫立着，观赏眼前的奇妙景象。我这么震惊有两点原因。一是他做的事情太过于预料之中，二是他选的对象太过于预料之外。上大学时我读《挪威的森林》，里面写到一个少年可以对着金门大桥的照片手淫，令人五体投地。但是那位少年多少还是对建筑和地、地、地图抱有强烈的爱，才会有此壮举。这位网络工程师如果对着一台路由器手淫，我一点也不会意外。但他选择的这位对象实在是太惊人了。

此时的时间也不过是晚上八点多，多数人可能都在吃饭。气温至少在零下8度以下，还下着致命的毒雾，没有人经过也是正常的。等着正义的使者突然出现是来不及了，此刻只有试试女老板的霍金说是否靠谱。念及此处，我迈步向前，大喝一声："操！"果然，胖子一惊，连忙提起裤子（这真让我庆幸），而妇女则不失时机地站起，又骂了两句精彩纷呈的脏话之后，抱着孩子就跑了。

我喊这个"操"字，乃是一个有实践经验的心得。首先，这个字的发音吐字最容易拢音聚气，喝出来十分响亮。大学的时候，我跟一个哥儿们在教学楼下比赛谁能一个“操”字喝亮更多楼层的声控灯，我总是赢，为此还挨了警告处分。后来有一次，我在街上走着，忽然看见两个小孩跑去偷前面女孩的包。我正要出手，忽然敏锐地发现街角站着几个不怀好意的人，这个发现救了我一命。但是我又不能放着不管，于是我就当街大喝一声：“操！”两个孩子一溜烟地就跑了，前面的女孩回过头看了我一眼，满怀感激地用唇语说：“傻×。”然后扭过头去快步离开了。

为了稳住胖子，我做出尽量温和的表情。结果他一下子颓然坐倒，摆出一副爱咋咋地的样子，开始玩头盔上的带子。我气了个半死，心想你假装智障就可以活命了吗？等一下妇女带着爷儿们侄子老公公拿着菜刀出来砍你，头盔顶个屁用！于是我拎起他的后脖领子，拎到附近的一个楼道口。他一路踉踉跄跄地跟着走，一边低声“嗷，嗷”地哀号，仿佛领子上布满了痛感神经。至此我已经完全相信女老板说的话了。

接下来我打算取证。我伸手要他的手机，他扭捏作态不给，我便劈手夺了过来。结果这小子已经把开着的程序退了个干净。我只好威逼利诱，花了5分钟才让他给我打开他放给妇女看的视频。这一来，我又惊了个跟头。这太出乎意料了。我以为里面准是些不干不净的东西，比如妇女偷情被他偷拍，可以用来威胁要给他老公看之类的，尽管我也很怀疑那样的妇女如何偷情。总之那位妇女一看就是个悍妇，绝不是看了一两段普普通通的不雅视频就会被吓住的主，视频里一定有她，多半她就是主角。

结果，只有主角这一点我猜对了。

视频的内容是这样的：一开始，在刚刚那家医院里，妇女正在跟一个护士吵架。对话内容听不清，大致意思是护士给孩子打针没打好之类的。吵着吵着，该悍妇突然开始殴打护士，用的是散打中常见的招式。护士全无还手之力，被打了一顿之后，只好蹲在地上哭。可以想见，附近当然有很多人围观，但是没有人帮忙。却有人拍视频。过了一会儿，护士突然想起什么似的，冲上前去要跟悍妇理论，结果又被揍了一顿。此时，镜头推近了，显然拍摄者走到了悍妇身后。“嘿！”他说。悍妇闻声转过头，被拍了个大特写，勃然大怒，冲上前去就想抢手机，其面目活像是被扯下来揉了一番又贴在脸上的一样。视频到此为止，想必拍摄者全身而退了。

搞了半天，竟然是一段打架视频，这种东西在网上比比皆是，有什么好害怕的？我问胖子，拿这个视频想干什么。胖子说：“那个女的，把那个女的给打了，那个女的就报警了，但是那个女的已经跑了，那个女的牙都打掉了，眼角也开了，她就让警察抓那个女的，警察抓不着……”按理说，我应该把他的语言翻译一下再写。但是我想，既然林白可以写《妇女闲聊录》，我也有权利原汁原味地记录胖子的语言。按照他的话分析，他大概是想要用视频最后的大特写来威胁妇女，如果要拿去给警察看的话，大概会抓你坐牢哟！大概会让你赔很多很多钱哟！所以啊！给老子老老实实地待着别动吧！这么想来，做法确实行得通。至于为什么要对着她手淫，那真是太令人费解了，我懒得思考，干脆直接问他。

他说："我在伸张正义。"

这四个字真是掷地有声。接着他抱膝而坐，把脸埋进腿间不说话了。想不到柔韧性还挺好的。

这件事，我没有管到底，因为我不知道真把他逼急了我是不是能制得伏他。临走时，他突然"呜呜呜"地哭了起来。我在他后脑勺啪地抽了一下，抽了一手油。"别哭！白痴。"我在屁股上蹭着手上的油，本想说："拿出点正义使者的样子来！"结果一想到这句话，就被自己逗乐了。我把手机往他腿上一扔，说声"逃命去吧"，就出了楼道门。出来一找，借来的那辆自行车没了。

回去的出租车上，我边想边乐。"伸张正义。"一想到这四个字我就笑得不行。但是我这人又不会笑，所以只好低着头默默耸肩。等我再抬头时，镜子里的司机师傅一脸惊恐，活像见了罕见的男鬼一样。这些年，我见过很多的伸张正义的方式。有的人为了伸张正义，把别人的腿打断了；有的人还打死了人。有的人为了伸张正义制造巨大的骗局去骗别人。有的人花钱买打手去殴打所谓的坏人来伸张正义。总体说来，这些人都是一些粗人，他们伸张正义的工具就是暴力，方式就是让他们定义的“坏人”受到肉体上的伤害。今天，我遇见了让“坏人”受到精神上的伤害的新式伸张正义法。这难道不可乐吗？回到公司，女老板给我热了盒饭，边让我吃饭边问我今天的收获。我嚼着芹菜，心里一肚子火，因为我不吃芹菜，而盒饭里的芹菜跟米饭早已你中有我。我生气地说：“办成了，那胖子跟踪的不是你们公司的人，是另外的人。”女老板奇道：“什么人？他对人家干什么了？”我说：“什么也没干，跟到一半就掉头走了。”老板又追问：“被他跟踪的那人是干吗的？”我心说：你让我吃不让我吃啊？想罢抬头，怒道：“卖芹菜的！”女老板一瘪嘴，不说话了。

/ 平庸的平 /

高中毕业十几年来，我参加过两次同学聚会，相隔十年。第一次是刚毕业、大家都上大一的那一年。那次人到得最齐，包了饭馆整整一层；不但同学来得多，连文理两科的班主任和其他跟学生关系好的老师都来了，放眼望去，除了校长副校长和各科室主任以外，几乎是把学校教职工的主力整体搬到了饭馆里。这让我们十分紧张，生怕吃到一半突然闯进来几个情绪不稳定的应届学生把老师一锅端了，因为我们一年前还有这种想法。那次聚会还比较纯洁，因为大家只是上大一而已，相互之间要想炫耀一番，也只有“我们北大比你们清华可差远了”“你们北外在学外语的圈里可是头一份呀”之类。对于十八九岁的年轻人来说，这可以理解，回想起来也不会觉得丢人。我没的可炫耀，所以话比较少，也没有人跟我说“你们学校在搞政治的里面可算头一份呀”这样的客气话。

那一次，平庸的平没有来。我印象中她也考上了大学，虽然是平庸得连名字都记不住的大学，但终归是大学，并没有什么可羞耻的。像我们这种搞政治头一份的大学，面积却跟一所完全中学差不多，而且还在我的学生证上判了个“走读”的刑，这让我觉得我根本就没上大学。连我都有脸面参加的聚会，平庸的平却没有来。

第二次聚会是十年后，当时我都快上班十年了，混得还是一塌糊涂。去之前我犹豫了一番，因为毕业十年后的同学聚会是十分凶险的。后来我一看名单，平庸的平也要来，心说我混得再惨大概也不至于是最惨的了，便欣然前往。我有这种想法，倒不是因为我多么功利虚荣，而是在各种场合听过太多的同学聚会之惨状，不禁心生忌惮。我听我大学时最好的朋友讲，她去参加高中同学聚会时，感觉同学之间扫来扫去的目光简直像一道1000目的激光筛子，细细地把所有人过了一遍之后，她觉得自己碎成了许多整齐的菱形肉块，切面上冒着焦臭的青烟，真是太可怕了。

有关平庸的平，其背景是这样的。此人初中就是我的同学，但是上高一时在班里看见她，我竟然想不起她的名字来。不是那种“到嘴边儿了就是想不起来”的“想不起来”，而是实实在在的“想不起来”——彻底忘了。她留着跟初中时一样的发型，穿着跟初中时一样的衣服，这并不是因为我清楚地记得她初中时的样子，而是因为高一时看起来她没有任何变化。高一时班主任是英语老师。英语课上，老师让每个同学都上台自我介绍一番，轮到这位同学时，只见她穿着白衬衫、蓝裤子、白球鞋、抖着圆滚滚的短发走上台去，转过身来，缓缓地说：

“我叫王平，平庸的平。”

从此，她就叫平庸的平了。按照常理，一个高中生的绰号在三年里会发生很多次的蜕变。比如我们的班长姓崔，一开始同学们叫他碎催，因为他总是跟在老师鞍前马后一副九千岁的样子。后来大家干脆就叫他崔公公了。高二的时候，崔公公因为上课睡觉，被革职查办了，于是其绰号又变成了“睡崔”。我的绰号也有很多，用得最长的一个叫“小飞轮”，我一直不知从何而来。直到那次同学聚会时我才问清，那是因为我一打群架总是转身就跑，逃跑的速度比自行车还快。当时的自行车上有一种高科技装备叫小飞轮，有这东西的车跑得快。总之，每个人都必须有至少一个绰号，否则就太过平庸了。但是像平庸的平这样一个绰号可以叫三年的其实很少。这是因为她太不显眼了，起初大家还叫叫她，后来，同学们渐渐发现没有什么理由非叫她不可。再后来，她似乎连这个绰号都失去了。

平庸的平是个平庸得绝对对得起平庸二字的平常人。初中三年，我对她没什么印象；高中三年（实际上我留级了，上了四年，但她没有），她给我的印象就是“世上还有这么不起眼的人吗？”当时班里有个和她类似的男生，姓金；那孩子很少跟人说话，三年内只跟我说了两次话。第一次是说“对不起”，因为他踩了我的脚。第二次是高二的时候，有一天他突然兴冲冲地跑来问我：“小飞轮，你踢足球吗？你跑得这么快，踢球应该不错吧？”关于这事情的前因后果，姓金的男生是这么说的：当时文科班向我们挑衅，要踢一场班际友谊赛，起因似乎是两个班的男生在操场上踢球时有些冲撞，险些动起手来。我说：“那还踢什么球，打他们丫的不就行了吗？”只见姓金的男生撇了撇嘴，转身去找别的男生了。从这件事来看，姓金的男生至少有一份对足球的热爱，以至于竟豁得出脸来跟我说了这么多话。而平庸的平则没有表现出任何的爱好。

那时候的高中生活虽然没有现在丰富，没有电脑玩也不能上网，但每个高中生基本都有至少一个爱好。有人爱好踢足球或打篮球，有人爱好画画，有人爱好弹吉他或在清晨还没有人来的空旷教室里唱歌，有人爱好用三合板儿粘成飞机的形状再把它摔坏。当时我爱好满楼道跑，以匪夷所思的速度和姿势穿过拥挤的人群，翻过扫除时被学生搬出来放在楼道里的桌子，一个滑铲穿过正在落下的卷帘门，两步跳下一层楼的台阶，再直线加速奔腾到楼道的另一端，如此往复。没有任何目的。我并不急着放学，也没丢什么东西，更不是想在女生面前制造飞檐走壁的印象。我只是单纯地爱好这个。我身体里的每一个细胞都在要求我奔跑跳跃，并且不是在那个简陋的200米跑道上跑，而是在阻碍重重的楼道里跑。就是这种爱好。

而平庸的平，如前所述，没有任何爱好。她不看言情小说，也不写情书；不用铅笔刀在胳膊上乱划，也不写让人笑出眼泪的遗书；她不追任何男生，也没有男生追她。她唯一的爱好恐怕就是坐在角落里不被任何人发现。其实她的座位几乎是在教室的正中央，但她总能在那里制造出一种角落的感觉。

平庸的平长得一点也不难看。若站在第二次同学聚会的视角看，简直称得上有几分姿色。但是在高中时的视角看，她既说不上好看，也说不上难看，简言之就是没必要看。她的发型很普通，当时有一半的女生留那个发型。从顶心生出的头发根根直达颈根，末端略略向内收起。跑步时，这种发型会有节律地向上飞起，颇像芭蕉叶子。女生一歪头，头发便直直垂向地面，与露出来的雪白脖颈形成一个美妙的夹角。你若在一个女孩子背后猛地大声叫她，便会看到头发随她转身精神地飘起，再逐根旋转散落的美景。但是这些在平庸的平身上都不曾发生过，或是发生了也没有人注意。因为班上有穿得好看的女生，有留着同样发型但就是比别的女孩撩人的女生，有声音甜美令人闻之几欲落泪的女生。没有人注意平庸的平。到了第二年，学校突然要求统一穿校服，更没人看得见她了。

平庸的平考试成绩总在班里的二十来名。这导致发成绩单时她既不在开头也不在结尾。老师既不会夸她，也不会特地讥讽她——像讥讽我那样。平庸的平体育也很一般，但她又不在那几个每次跑步必定被甩在最后落魄地垂着双臂慢慢走回来的娇弱女生之列。有些女生娇弱起来并不招人讨厌，相反还挺好看的，但她无疑并没有给人留下此类印象。在跳马或跳高这种技巧型项目上，她总是别别扭扭地勉强完成，成绩平平，但似乎从不惹祸出丑。我们班有一个特别胖的女生，曾经在跳高时采取了一个诡异的饿虎扑食，把杆压断了；另一个皮肤黝黑身体结实的女孩则在背越式跳高时跃出太远，落在了垫子外面的柏油地上，摔了个半死。

这些事情永远也不会发生在平庸的平身上。

就是这样一个平庸的平，在十年之后，跟我坐在了同一张饭桌前。我一进门就发现了她，但没认出来。我这人有间歇性交际障碍，大部分时候我能跟任何陌生人侃侃而谈，但有些场合我又会一个字也说不出来。比如，在遇见理应认识却没认出来的熟人的场合，我总是把头一埋，装看不见。这种时候，我连逻辑推理的能力都失去了：很显然，桌上其他人我都认识，而我来之前已经看了网上的名单，但我却没有推导出坐在我对面这个周身放射着奇妙光辉的女性就是平庸的平。

我先跟高中时最熟的人打招呼。有一个一米九的大块头是我高中时最好的朋友，后来不知道怎么回事，竟然断了联系。我俩就像分手的情侣一样固执地谁也不肯先联系对方，就这么耗了十年才见面。一位名叫霍壮壮的同学后来当了警察。这位霍壮壮——并无恶意——脑袋稍微有点问题，高中时让老师几乎变成了精神分裂。但他打架是一把好手。他跟我关系一般，因为我打架老是逃跑。当年身材高挑的班花如今打扮得活像一个东南亚风俗从业者，一动脸上就掉粉渣儿。文科班的一个不太熟的男生给语文老师带来了两本他的小说，此人高中时的外号叫“费斯坦但提勒斯雷斯林”，记性不好真记不住。有个胖子，当时我们都叫他“吕榴莲”，因为他的体味很重。其实他是个很善良很温和的人，从不因此跟任何人起冲突。此人现在是一家旅行社的老板，平日里的工作就是坐着头等舱到全球考察路线。令人欣慰的是，这次聚会的发起者不是他（否则太令人沮丧了），而是一位我们都很喜爱的老师。老师问我现在做何营生，我只好讪讪一笑道：“做IT。”当时我真想汪汪叫几声再摇摇尾巴。

我们这一桌上，几乎每个人都能拿出个全年级之最或全班独一份来。例如，费斯坦但提勒斯雷斯林是唯一出了书的人。拿自己的书给语文老师看简直有一种艺成下山报了父仇回来见师父的感觉。吕榴莲是唯一开了公司的人，还是班上第一个有孩子的。跟他要好的女生开玩笑地问他女儿是不是叫吕四娘，他只是温厚地笑笑不语。霍壮壮是我们班唯一的公务员，而我这个从搞政治头一份的大学里毕业的人竟然不是。班花现在成了唯一的二奶，这事儿是在厕所里听那个大块头说的，而大块头是唯一入了外国籍的人。我是唯一一事无成的人。但是我并没有在这个问题上纠结太久。这不是因为我不在乎虚名，而是我一直在想对面那个面容姣好、神情淡定的穿着奇装异服的女人是谁。饭快要吃完了，我突然想起来：这不是平庸的平吗！怎么穿成这副样子了！

这时，吕榴莲问平庸的平：“王平现在哪里发财啊？穿这么精神！”平庸的平一笑，我忽然想起她高中时唯一的特征：笑的时候总是矫情地捂着嘴把头扭向一边。但是因为那时候看到她笑的机会太少了，没有留下太深的印象。而现在这个臭毛病已经没了，她笑得既美又坦然，还很温柔，没有任何多余的肢体动作。“我现在做安保工作，”她说，“吕老板需要安保的话可以找我。”

她所说的安保工作，实际上就是保镖。我的上苍，平庸的平现在成了女保镖。她解释完什么是安保之后，举座皆惊，大家七嘴八舌地问了起来。老师问：“你穿的是制服吗？”因为她穿着一件明显是定做的极为合身的黑西服，白衬衫，深咖啡色领带，完全是一身精干的男装，这就是我前面说她奇装异服的原因；她的头发留长了许多，在脑后扎了一个很高的马尾，发梢很少晃动。她没化妆，也没戴任何首饰，包括戒指。她回答老师说：“这不是制服，不过我已经习惯这么穿了，活动比较方便。”又有人问：“你给什么老板保镖啊，危险吗？”平庸的平说：“这是秘密，不过算不上危险。国外的业务比较危险，今年已经不做了。”大伙又惊道：“国外的！你还给外国人保镖吗？你会说外语吗？”这简直是一个白痴问题，平庸的平回答说：“说得不好，不过日常工作用的内容上，可以说六国语言。”大伙又问道：“你有枪吗？”平庸的平笑道：“霍警官在这里，不好说。”我拍拍身边的一米九，问道：

“这样的，你能打得过吗？”平庸的平眼睛向上看了1秒钟，然后淡淡地道：“这样的，不超过六个的话问题不大。”一米九一阵脸红。我又问：“霍壮壮这样的呢？”我这么问是有道理的，因为一米九外强中干，没打过架；而霍壮壮从上学的时候就有丰富的实战经验，凶狠绝伦。平庸的平想了一会儿说：“像这种受过专业训练的，我们一般选择保护突围，不发生正面冲突。”霍警官哈哈大笑起来，堪称青年警察的标准笑法。

末了，老师问平庸的平：你是怎么想到去当保镖的?

平庸的平首先纠正了老师的用词错误：“是安保，不是保镖。安保涉及路线设计、岗位布置、人员调动、设备使用、应急反应、护送和突围、伤病急救等多个方面的业务素质，并非能打就行。”接着她说：“初衷很简单，我不想再当平庸的平了。”

平庸的平说，她的前半生受够了王平这个平庸的名字的摧残。作为一个每天被人称呼无数次的代号，以及一个每天要在作业、卷子、证件、合同上签无数次的符号，这个“平”字不断地在暗示她：“我是个平庸的人，我的爸爸妈妈希望我成为一个平庸的人。”所以她的前二十年都在为成为一个平庸的人而努力。而且她干得不错，在这方面。说到这里她摊开右手指向霍壮壮说：“霍警官受到名字的暗示，不是成长得很健壮吗？”她又摊开左手，指向费斯坦但提勒斯雷斯林说：“刘成章不是顺理成章地成了一个在写作上成就斐然的作家吗？”说到此处我才想起那厮原来叫刘成章，亏我读聊斋里面的牛成章时没想起他来。

关于平庸的平怎样成为一个保镖的故事，并没有什么展开的价值。里面无非是一些宿命跟巧合，以及对宿命与巧合的奋力反击。总之，平庸的平在意识到这个平庸的名字让自己真的成了一个平庸的人之后，决定改变这个局面。她尝试过很多行业，每个都干得不长，因为她发现一旦开始工作，就会成为一个平庸的文员、平庸的财务或平庸的行政，这些是她想都不愿意去想的。但是她前二十年打下的基础实在是太平庸了，并没有一技之长，想要摆脱平庸，看来要剑走偏锋才行。后来她看了《百万宝贝》，顿时开悟，再后来就是非常励志的传奇故事了，太长，不讲了。同学老师听到这里大多热泪盈眶，只有我因为没看过那部尽人皆知的电影而面无表情。看来我还是餐桌上唯一没有文化的人。当时我在想的是：这么半路出家的保镖真的靠谱吗？但是转而想到二十出头才学武最后却跟秦叔宝齐名的尉迟敬德，又觉得自己应该摆正心态。

老师又问：“那你现在改名了吗，那个‘平’字？”

王平说：“没有，我现在又喜欢这个字了。”

老师似乎松了一口气，笑道：“没错，名字里有个‘平’，并不是说人就一定平庸。”

吕榴莲说：“是啊，三国里有个双枪将董平，一百单八将里我最喜欢他了。”

霍壮壮说：“那他妈是水浒。”

大家说这些话的时候，毫不夸张地说，我眼前浮现出的画面是一个色彩斑斓的海底世界。海里有很多很多鱼：有霸气威武的鲨鱼，有体格庞大的鲸鱼，有说不上好看但色彩鲜亮特征分明的小丑鱼，有形状骇人的翻车鱼，有优雅的七彩神仙鱼，有翩然飞舞的蝠鲼，还有一种数量最多种群最大的，叫热带鱼。这种热带鱼，你不知道它的学名，你一时间甚至想不起它的颜色和体形，因为它总是混在各种各样特征鲜明的其他鱼中间，成为它们的背景，或食物。一个海底世界的景象里如果没有这种鱼，就会感觉空荡荡的；但它们存在的价值，你却连想都懒得想——此乃世上最平庸之物。平庸的平原来便是这种鱼，现在变成了威猛而又优雅的鲨鱼。我跟妻子在马尔代夫见过一次野生的鲨鱼，虽然很小，但其父辈的镇定自如、旁若无人的优美泳姿却已经学了个十足，令人过目不忘。现在，平庸的平就变成了这种鱼。而我似乎成了那种名字、颜色和形状都让人记不清楚的热带鱼，在这世界上有千千万万像我这样的鱼，我们负责组成世界的背景。

/ 讨厌的人（2）/

基本上，每个人都有讨厌的人，并且不止一个，而是一类，或几类。当你认定一个人是你讨厌的人时，接下来的人生中会接二连三地遇到这种人。就好像你开着车，一出门就碰见一个闯红灯过马路的浑蛋，或是一个强行并线的白痴，那么后面的整个路程中都将充满了这种浑蛋或白痴。著名的墨菲定律中好像没有这条，我觉得可以加上。随便举一个例子：有一回，妻子给我讲了一个她最讨厌的人——高中时班上的一个好学生。差学生一般都讨厌好学生。（差学生也容易跟差学生结婚。）然后她讲了一两条这位好学生的先进事迹，虽是我认识她至少是四五年的事，但在我听来，会心不远，因为我们班上也有这种好学生。并且，当我认识到班上有这种人之后，我的学生生涯就不断地遇到这种人。

在讲妻子遇见的那位好学生之前，先来讲讲我遇见的。这是仿《拍案惊奇》的体例，先扯一段废话，然后讲一个小故事，以防后面要讲的故事直接出现太过影响读者情绪。因为我遇到的这些好学生，只是零星地干过一些令人发指的勾当。当然，就算他们不干这些事，光是看他们那副坐得笔直的身板儿、举手回答问题时扬起下巴露出热切期待着一场大雨的旱獭般的神态，就够讨厌的了。

可以想见，这类讨厌的好学生绝不会是班长。世上没有讨厌的班长，至少我没遇到过。班长都是威风凛凛、机智幽默、热心体贴，而又玉树临风或亭亭玉立的。我与班长的这种关系，学术上称为斯德哥尔摩症候群。我们全班的斯德哥尔摩患者，一同排挤那些讨人厌的好学生的日子，真是大快人心。

比如说，当年我们班有个女生，特别喜欢紧盯着老师留作业。这位女生就是上课时坐得特别直的类型，她坐在我的斜前方，腰背挺得像鼓起的帆；夏天里，透过质量极差的校服背心，可以看到其背中非但没有脊椎鼓出来，反而凹进去一道圆滚滚的山沟，内里热气蒸腾。下课时老师忘了留作业，或是原本就没有打算留作业，这是常有的事，而这位女生则必然要在此时大喝一声：“老师！您还没有留作业！”搞得教室内气氛十分尴尬。有一天，英语老师令大家做分组阅读讨论，自己在行间溜达。踱至该女生身畔，只听她一字一顿地说：“老师！我觉得我们应该多搞些小测验！”这一句话真把我身体里的水分都惊出来了，等老师走了，我低声冲她喊：“你疯了吗？”她一甩马尾巴，说了句：“现在是英语课，讲英文！”我说：“Are you fucking insane？”她大概没听懂，又一甩马尾巴，扭过头不说话了，空气中留下一片香香的波纹。

类似的还有一位男生，但是其待遇不怎么好；对于讨厌的男生和讨厌的女生，我们排挤他们的手段也不尽相同。一般，我们对讨厌的女生采取“狎亵之”的策略，而对讨厌的男生则采取“捉而槌之，挞数十”的态度。这人是数学课代表，每逢周一交作业时，只要看到有人在抄数学作业（别的课并不管），这厮不是出声制止，而是去叫老师来抓现行。老师也是，大早上的又没你的课，来那么早干吗？不消说，一定是早有预谋。突然有一回，我眼看着他出了教室，没有一分钟竟然回来了，面部表情痛苦，走路十分艰难，使劲并拢双腿，像憋不住尿似的。我猜肯定是被人“捉而槌之”了。第二天早上，有个男生大喇喇地走过去，从他桌上已经收上来的一摞作业里翻检了一番，挑了一本,回到座位上有滋有味地抄了起来,而他则全程都趴在桌上,假装睡觉。

现在可以讲讲我妻子遇到的那一位好学生了。按照妻子的讲述，坦白地说，这是一位优秀的女生，按当时的标准来说，可称得上是智、体、美、劳全面发展，就是对自己的认知稍微有些问题。她觉得自己出落得一朵芙蓉也似，闭月羞花，每当在班里走动，就要吸引全班男生的目光，所以还是少动的好。这是真的，她只要一走，他们班上的男生大半都会跟着看。但据我妻子说，那是因为这孩子是一个天生的破坏狂，医学上似乎是称之为“注意缺陷与多动障碍”。她所到之处，必定伸手把途经桌上的零碎儿捏个遍，抓起笔随手胡写两字，抄起铅笔刀插在橡皮上——“哦，天哪，橡皮！”我妻子回忆时突然说道，活像刚从一个噩梦里醒来。那孩子只要看见橡皮,不管是谁的都要将其分筋拆骨,大卸八块。要是谁桌上有个水杯水瓶，准会被她一转身间扫落在地，因为她总是用花样滑冰的动作转身。如果有人桌上太过干净，什么都没有，她准要摸摸这人的头发，或揪揪衣领。当有人恼怒地发出警告声时（从牙齿间“嘶”地猛吸一口气，再一皱眉更佳），她就眨一眨右眼，或者吐一吐舌头。她吐舌头时，准要两手背后，再向后弯起一条腿，把身体侧向一边，好让头发垂下来。

她对自己的名字也相当自信，最享受的时光就是新学期的课本发下来时在每一本书的封面和扉页一一写下自己名字的一刻。她的字写得一般，独“沈冰冰”三字笔走龙蛇，力透纸背，写得相当爷们儿。想必她爱死了自己这个名字，却不曾想到它太容易被叫成神经病。因此，高中三年下来，此人只有一个绰号就是神经病。这简直是世界上最凄惨的外号。这孩子学习成绩优秀，身体素质也好，要不是跑步时太纠结于姿势的美观，成绩肯定还能更好。可是她在班上并没有个一官半职。那个时候，高中生的官职多得简直跟一个班的人数相等，老师要想让差学生当白丁，就得让好学生身兼数职。像神经病这样的情况，只能说明我妻子当时的班主任毕竟是一个理智的成年人。可是，每当老师布置一件事，接下来需要人帮助组织协调时——例如开全校大会需要所有人把椅子搬下楼，或突如其来的大规模彻底扫除等——讲台上就会立刻出现神经病的身影。她大声下命令，配以丰富的肢体语言，指点江山，挥斥方遒，可惜没有人听她的。大家默默地自己忙自己的事，或是去投靠班长，听他的指挥。我听罢妻子讲这段，深恨当年没有跟她同校。妻子问我为什么，我说可以在感情上少走很多弯路。这当然是原因之一，而另一个原因显然是可以一睹神经病挥斥方遒的奇景。

神经病的家境不太好，不过这并不容易看出来，因为她穿的戴的使的用的哪一样都并不次。少则少矣，但没有便宜货。当她看到别人用上什么新鲜玩意儿的时候，又会不远万里地赶到人家面前去“嘁”人家一下，百试百灵。我妻子眼睛不好，若不戴眼镜，走路经常撞到门框，为此赔了学校好多钱。但是她就是不喜欢戴眼镜，你要是强迫她戴，她就把眼镜一副一副地弄丢。我老丈人一怒之下给她配了一副隐形眼镜。天可怜见，让我妻子进行戴隐形眼镜这种操作，无异于派一位炊事班的大厨开战斗机。所以她的隐形眼镜总是掉出来，要么就是翻到眼珠后面去。每当她讲到这里，我就喊道：“打住！别说了！”如果她执意要讲，我还要在“别说了”里面依次加上点程度不同的语气词。因为这太恐怖了。有一次，她正在将自己从这种恐怖景象中拯救出来，患有注意缺陷与多动障碍的神经病扭了过来，顺手拿起了桌上的隐形眼镜盒，结果里面的护理液洒了出来，我妻子千辛万苦摘下来的一片隐形眼镜也随之飘落凡尘。当时她正忙着弄出眼睛后面的隐形眼镜，没有搭理神经病，这真是不幸中的万幸，否则以她性格之刚烈，说不定要闹出人命来。不知死活的神经病“嘁”了一声，款款扭开去，似乎还说了一句什么。没过几天，只见她也在桌上放了一盒护理液，午休的时候，毛手毛脚地折腾起来。问题是，她视力很好，根本不需要戴眼镜。

高二的时候，神经病的同桌跟外班的女生谈起恋爱来。我现在已经想不起高中生谈恋爱是怎么个谈法，反正据说这两人爱得死去活来，情书遗书什么的写了一大堆，虽然只有一墙之隔，却用邮局投递，浪漫得紧。神经病看在眼里，十分恼怒，也不知道恼怒个什么劲。总之，一有工夫，她就偷看男生书桌里的情书。她这位同桌，性情十分粗豪，依我看跟我妻子倒是合得来，可惜没有近水楼台，怪不得别人。例如，他喜欢把所有东西摆成令人头皮发麻的一大片，任谁看了都觉得是垃圾堆，但其实样样有用，伸手即得。有一次，神经病不知道犯了什么神经病，放学以后把他的书桌收拾了一个干干净净，连桌子底下的鼻屎都擦了。桌子里的各种纸张信件不用说当然是扔了。第二天一早，同桌勃然大怒，发了一通脾气，然后气冲冲地扎进三角柜里的垃圾桶，把东西都捡了回来，一一摆放在原来的位置上，形成一个可歌可泣的垃圾场后，长舒一口气，闭目入定了。前些日子我参加同学聚会，回了趟自己的高中，进教室一看，那种放垃圾桶的三角柜已经没有了，想必现在的孩子们难以想象这个场景。神经病对这件事非常生气，就像她生的每一场气一样，她不知道气从何来，只是干生气。神经病在楼道里撞见了同桌的女朋友，便叫住她，大声喝道：“喂！你那个玫瑰的‘瑰’写错了！”说罢扬长而去，留那个女孩在楼道里气得发抖，因为她很快就明白神经病看了自己的情书。假使一个犯罪分子抓住一个高中女生，让她在自己的身体和情书之间选择一个给他看，女生多半是死也不会选择情书的。

我妻子最后一次见神经病是几年前的高中同学聚会。酒过三巡，残席撤下，班长拿出一份同学录递给大家，顺次登记联系方式。同学录这个东西估计跟三角柜一样早就不流行了。这是一种纯手工制品，用活页纸穿上五彩缎带装订而成，每一页都有同学的基本信息和联系方式，以及一段简短的附言。其意义跟网络上的个性签名差不多，可以帮助想不起来你是谁的观看者恢复记忆。这种手制同学录，据我所知是二十世纪八十年代末流行的玩意儿，且本来存在意义就不大，也不知道怎么鬼使神差出现在二十一世纪的聚会上。结果，“神经病”同学（据称其为不请自来的不速之客，因为没有人通知她）从怀里掏出一支金笔，在附言上写道：

优秀乃是一种习惯。

我妻子表示，看了这行字，胸中顿时翻江倒海，以极大之定力克制才没有吐出来。这件事的影响非常深远，导致她很长一段时间的营养不良，并且还留下一个后遗症：一旦看见“××是一种××”这种句式就想呕吐；若是中间还有个“乃”字便无论如何也忍不住要吐出来。她这个人与我不同，爱憎分明，喜欢就是喜欢，讨厌就是讨厌，讨厌的人多，喜欢的人少。这一点最好的证明是，当我得知这个神经病已经去世了的时候，我觉得浑身不舒服，而我妻子则泰然自若。这事就发生在我去参加同学聚会、回中学参观游玩的那天晚上。因为在同学会上谈到一位已经去世的男生，大家感慨良多，也很怀念那孩子。那孩子死得早，高中毕业没多久就去世了，所以他的年龄停留在十九岁，在现在和以后的我们看来，将永远是个孩子了。回家以后我对我妻子讲了这件事，妻子听罢，并没多说话，大概是构思去了。再开言时，便有了上面这篇回忆录。不公平的是，她把一切都讲完了，才告诉我神经病已经死了。说是病死的，十分突然，什么也没留下，加班的时候干着干着就死了。在我看来，如果早知道她已经去世了，就不该讲那些不好的事情，还加以讽刺挖苦。因为我知道我讲一件事时，如果里面有反面角色，那么不百般讽刺挖苦，我就讲不下去。但是我妻子的看法则相反。她是这么想的：你如果喜欢一个人，不会因为他死了就不喜欢他了。同样，你讨厌一个人，也不会因为他死了就不讨厌他了。我总觉得这里面有什么逻辑问题，但是一想到要跟她这种人谈逻辑，我就脊梁沟发凉，两腿发软，舌根发硬，一口心头血就要吐出来了。所以，由她去吧。

/ 跑得最快的人 /

昨天晚上，我再次想起黑八，是在上厕所的时候。为了上班方便，我搬到了父亲单位的库房里住。全院共用的厕所与我的床一墙之隔，每晚总是传来恼人的冲水声。我常常需要顶着三九天北方夜晚的冷空气去关厕所的龙头，然后想到既然都来了，就顺便小解。小便时我便想起了黑八。

这可能有两个原因。因为是“顺便”，我尿得不准，这让我一下子回想起《霍乱时期的爱情》中的描述：“年轻时他尿得又准又直，在学校里，他曾是瞄准瓶子撒尿的冠军。”同时，也回想起我尿得又准又直的学生时代。为了尿得准，我不得不使劲瞄准那个黑洞洞的蹲坑。乌尔比诺医生说：“抽水马桶一定是某个一点儿也不了解男人的家伙发明的。”也许他这么说是因为他没用过这种前面带有一个莫名其妙的半球的陶瓷蹲坑：如果你从后往前尿，就会溅到鞋上；如果你从前往后尿，就会溅到地上。如果你蹲着尿，保不齐还会溅到眼睛里，这种抽象的描述，没体验过的人是无法理解的。总之，当我看着那个黑漆漆的蹲坑圆洞时，我不可遏止地想起了黑八。与其说是想起，不如说其中甚至有一些想念的成分。

黑八是一个总会让人在上厕所时想起的人。像我高中时多数朋友一样，他生得人高马大，性情粗豪，皮肤黝黑，劣迹斑斑。他成绩极差，却喜欢写小说，写出来的东西匪夷所思，有一篇最著名的，是这样写的：有一个少年，上厕所时拉出了一条形状奇特的大便，上面遍布鱼鳞，在水里一张一翕，十分像某种怪鱼。少年煞是惊奇，慌忙盖上马桶盖准备冲水，结果大便突然穿透马桶盖飞出来，把少年吃了。这是在我们学校流传甚广的一个故事，我们当时说它有点像卡夫卡，现在想来一点都不像，当年我们一定是根本没看过卡夫卡。总而言之，这只是黑八所写的关于屎和尿的故事中的一个。除了写这种东西，他几乎不写字。毕业以后，我父亲的一个同事想要我的模拟试卷，我便去找黑八要来一份，因为他的都是新的。他上学时，什么叫考试，哪叫作业，一概不交，如果老师骂他，他就在放学以后把老师揍一顿。很多老师都挨过他的揍。

关于黑八打架的故事，可以讲很多，不过这不是现在该讲的事。现在应该先说说我们是怎么成为朋友的。我们的友谊只有三步，非常简单：高一的时候，计算机课留了编程的作业，让我们用一种叫作Basic的愚蠢语言，在纸上写出一段代码。这是真正的纸上谈兵。黑八当然不会写，而我是课代表，于是他便来找我。结果我不但给他写了作业，还写了将近一作业本的说明，希望他看了这本秘籍之后，能改过自新，自己写作业。另一方面，也是因为怕他揍我。结果他拿着作业，临表涕零，发誓要跟我做好兄弟，我根本没听懂，也没想到他对这件事有多认真。这是我们友谊的第一步。

高二时我跟女朋友分手了，实际上那个女生的头发丝我都没碰过，前后处了也就一个礼拜。我万没想到黑八也喜欢这个女孩，而且也没想到他对这件事有多认真。这么说吧，如今我们都已经毕业十几年了，我、黑八和那个女生各自都结了婚，有了孩子，但我可以负责任地说，黑八依然爱着那个女生，就像爱着一个遥不可及的梦。每当喝醉时，他就要提起那个女生，然后把她历届的男朋友咒骂一番，包括我。末了，往往有个左近的倒霉鬼要被他揍一顿出气。但对他来说，我是跟他“爱过同一个女人”的人，此外也没有碰过她，这大概可以算我们友谊前进的第二步。

高二期末的一个傍晚，不知因为什么事，黑八在学校门口的小卖部擒住了一个老师，差点儿把他打个万朵桃花开放。而我根本不知道小卖部里发生了什么，只是碰巧在门口抽烟，这件事我可以用任何一位英灵的名义发誓。结果，以“殴打老师时为其站岗放哨”的名义，我和他一起挨了处分，还留级了。对我来说，这是一个天大的冤案，因为我是一个乖宝宝，从不主动打架，抽烟也只是装装样子，并且从没有像那个期末一样6门不及格，这里面一定有什么误会。结果，我跟黑八成了坏学生战略同盟。这不但标志着我们的友谊前进到第三步，还意味着我走上了被冤作不良少年的不归路。

从那时开始，我们的友谊就牢不可破了。到现在，我的高中同学里唯一跟我有联系的就是黑八。比如，当他有一次把女朋友的肚子搞大了的时候，立刻就来找我借钱了。这份牢不可破的友谊带来的坏处是，我被卷入了各种莫名其妙的斗殴事件，在此之前我连吵架都没吵过，更别提动手打人了。而好处则是在我们共同参与的不计其数的斗殴事件中，我每次都能全身而退，从没挨过一拳一脚。这有两个原因：一是黑八的战斗力太强，每次都能吸引绝大多数的火力；二是我跑得太快，没人追得上。

当时，我曾是我们那一带跑得最快的人，闻名遐迩。当然，我并不是校运动会短跑冠军和纪录保持者，虽然我的百米成绩也十分不错。我之跑步，比之百米，就像是把拳击和无差别格斗放在一起，不具备可比性。我除了直线加速快以外，更长于蹿蹦跳跃，登高纵矮，横跳江河竖跳海，万丈高楼脚下踩。我每天都在楼道里毫无目的地狂奔，遇到人，闪开，遇到桌子，越过，遇到一切障碍均不减速。我精通从各种形状的障碍物前高速通过的技巧：从翻越栅栏，到跳下两米高的墙头，从老式居民楼二楼的缓台攀援而上，再顺着骇人的排水管滑下来。仅翻栅栏一项，就有铁栅栏门、马路隔离栅栏、花园护栏等不同的高度，及不同的翻法。不管什么人追我，每遇到一处栅栏和铁门，就会减少一层追兵。巴西柔道练习者经常说这样一段话："I am the shark , and you don't even know how to swim."（当我将你拉至地面时，地面就是我的海洋。）这对我同样适用：当我翻过一道道护栏，穿过一扇扇铁门，最终进入了昏暗、曲折、遍布障碍的老旧胡同时，你最好别追我，否则你就得随时提防着从暗处飞出的痰盂。

不知为何，当时的人们对我这项绝技都非常不齿，觉得我是个没劲的人。到后来，打架时他们看见我都当没看见，没有人搭理我，也没有人追我。反正每次打架都是因黑八而起，主要打的也是他。而他不管对手有多少个，从来都不跑，只是揪住其中一个，一边施以连续的右直拳，一边头也不回地对我喊：“傻×，快跑！”每当此时，我都觉得他才是个货真价实的傻×。他这么一喊，本来没人理我，这下立刻会有一两个人扑过来追我，而我只好抹头就跑。如果有经验的话，他应该喊：“松人，扯活，马前翘！”这话我每次都想事后告诉他，但是事后就都忘却了。

关于“跑得最快的人”这个称号，当时曾有两个有力的竞争对手：兄弟两人，一个叫刘军，一个叫刘兵——要不就是叫李军和李兵，总之跟我的名字一样是两个爹妈太懒的产物。姑且让他们姓刘吧。刘军个子不高，身体结实饱满，一触即发，平时总是穿运动服和运动鞋，每次打架只要有这小子，他就是专门追我的。刘兵是个比我还瘦的刀螂，爬墙登高一把好手，在我溜胡同的时候，高处有一对眼睛看得见我总让我很不舒服。

如果让刘兵追上了，倒也没什么，反正他也打不过我，估计他打不过任何人。但是让刘军逮住可不得了，此人凶狠异常，浑身满脸都是伤疤。不但跑得快，而且力大无穷，抗击打能力强，痰盂什么的对他无效。这人是我最头疼的对手，为了对付他，我在小花园里和胡同里到处摆满了碎砖头，但有个由退休大妈组成的团体总是捡得一干二净。有一回我买了一瓶芝麻酱，抹在砖头上，想让她们以为是屎，结果还是被捡走了。

高三的一个傍晚，我落了单，提着一斤切面往家走，遇见了刘军。这家伙发一声喊，二话不说，冲我飞奔而来。我回手给了他一切面，然后利落地翻过顶端有尖的铁栅栏门。眼前是一家废弃的电机厂的后院，看上去一马平川，没有什么障碍可言。穿过这个院子，翻过一道院墙就是电机厂家属院，届时只要喊一嗓子“黑八！”就能活命。我提一口气，开始百米冲刺。我根本没有时间回头看刘军，只是闷头跑个不停。我跑步的姿势很难看，弓腰驼背，步子极大，抬腿极高。说书的说古人夜路飞奔，常说这么几个字：“膝盖打前胸，后脚跟踢屁股蛋儿。”这是什么怪异的姿势，我始终想不出来，也许跟东汉击鼓说唱陶俑差不多，总之一定非常难看，但我的姿势也比这个强不到哪儿去。我正以这种姿势奔跑，忽然听得身后脚步嘈杂，有一个笨重的脚步声“咚咚咚”地夹杂进来。扭项回头往后观瞧，原来是黑八不知从哪里追了上来。此时红轮西坠，玉兔东升，只见黑八如同一个巨大的煤球，势如奔雷，仿佛每一步都在洋灰地上踩出一个坑，跑到切近，劈手揪住刘军的领子，两人立刻滚成了声势浩大的一团人肉。

黑八出手打人，从不打眼睛，不打喉咙，不打胯下。他打完的人，动都动不了，但是外面不带伤，真是太凶残了。从那次往后，刘军整个人都萎缩了一圈，给人一种漏气了的感觉，走起路来也不再一颤一颤的了。他也没再追过我，甚至很少在小花园出现了。

连刘军都不追我了，当时简直没有人能追得上我，大家也都有这个觉悟。高三一整年，我除了体育课，几乎没怎么跑，连在楼道里像发疯的猫一样无目的地狂奔都少了。黑八常常问我："傻×，你怎么不跑了？"我俩说话，不是以"傻×"开头，就是以"妈了个×"开头，这都是他教我的。不得不说，他在这方面感染力很强。我当时说："妈了个×，没人追我，我跑个屁啊！"黑八便呵呵傻笑。

体育课是我唯一活动筋骨的机会。我虽然不是校运动会冠军和纪录保持者，但我是那一届理科生里英文最好的和文科生里跑得最快的（我留级前是理科生）。要发挥这个特长，有一个必要条件，就是有人追我。于是我每次五十米和百米考试时，都有个人在跑道边上陪跑，我就想象他在追我，追上就要揍我一顿，不但没有外伤，而且动弹不得，不出三天就要五脏腐烂，大口吐血而死。这么想着，跑起来自然是快逾奔马，疾如流星。而担当此任的非黑八不可。

四年来，我已经习惯了黑八在跑道边发出的"咚咚咚"的沉重脚步声。我想，我没在运动会上拿冠军，很大程度上是因为运动会不允许黑八在旁边捣乱。

高三会考前，体育老师组织了一次模拟考试。这是一次完全莫名其妙的考试，因为考试的项目是100米、背越式跳高和铅球。高中体育会考根本就没有短跑项目，即便有也不可能是100米。更不可能有跳高。而当我们分好组走上跑道时才发现，莫名其妙的岂止如此——黑八跟我被分到了同一组。他在一道，我在二道。

也就是说，这是一次没有人在旁边跟跑的百米。我问老师："跑这个项目到底是要干什么？"老师冲我一瞪眼："少废话，别看你们素质好，要想弄你照样弄你！"说得我一头雾水。后来我才明白，这位体育老师是少数几个没被黑八揍过或恐吓过的老师之一，他一看见我跟黑八就很紧张。看来我打老师这件子虚乌有的事已经彻底坐实了。

考试结束后，我们都弄明白了那次考试的意义：老师想最后再看看有没有能选拔出来的特长生。短跑是我，铅球是黑八。结果我跟黑八出了事，两项都没考成。

现在想想，那真是一次恐怖的短跑。我毕业之后就再也没有参加过非必要的短跑项目，连打篮球的时候都尽量少突破，改成了以中远投为主的风格。因为我一想到要跟块大膘肥的人肢体碰撞，就吓得要尿了。那天是个大太阳天儿，操场热气蒸腾，黑八还在我旁边散发着逼人的热力。他的黑皮肤上挂满了细细的汗珠，渐渐连成一片，光滑闪亮，像一只跃出水面的鲸鱼。突然，一声哨响（我们学校没有钱买发令枪），我反应迟钝了一下，接着全身肌肉绷紧，弹射而出。我一下子超过了所有比我先起跑的人，超过了太多，以至于我的余光都看不见他们了。热得发烫的空气迎面扑来，我把它们吸进肺里，弓下腰，发出全力奔跑。黑八令人安心的脚步声还在，我这样想着。他只是从跑道边来到了跑道上。他依然在追我，追上我以后依然会揍我，我依然会吐血而亡——正想着，惨剧发生了。

我被一股巨大的力量撞倒，因为惯性太大，向前飞了出去，又在跑道上滚了好几圈。最后，我的头不偏不倚地撞在压篮球架的条石上。我听见了一声巨大的响声，那是我从没听过也再没有听过的一种恐怖的声音，它来自我的骨骼，我的肌肉，我的血，我的全身。我倒下时，看到黑八正在以一个巨大黑球的姿态往篮球场里翻滚。“糟了，黑八落袋了！”我想罢，剧烈地抖动了一下，接着就不动了。

也许有人没见过那种老式的篮球架。那是用直径五公分的铁管粗暴地焊接而成的，在顶端安装一块沉重的木头板，再拧上一个铁圈就算成品。这种东西头重脚轻，常常翻倒砸伤学生，因此安装时都会在后面的铁管上横着压上两条骇人的条石。这种条石看上去活像是从五台山上拆下来的。从我受伤以后，我们学校就换上了新式的篮球架，四面八方都被厚厚的柔软橡胶包裹着。可以说，我造福了千秋万世。

这是我受过的第二严重的伤。最严重的一次是我骑车时飞了出去，在路边停着的一辆面包车门上砸出了一个人形的坑后又弹射到路面上，并且以脸贴地在柏油路面上擦行了两三米。那个故事以后再讲。而这次的事故则是因为黑八跑着跑着突然超过了我，并且高速摆动的右臂擦到了我的肩膀。只有体会过这种碰撞的人才能明白。你看到电影里一个人被车撞了一下，然后骂两句继续往前跑去，这在现实里是不可能的。我被即将停车、时速大概只有10公里的小公共蹭了一下，都立刻飞了出去。这也就是说，当你被质量巨大的物体高速碰撞时，你没有机会骂两句就继续跑，你会受伤，或者死。

后来，我在黑八怀里悠悠转醒，这厮正以一种痛苦地憋着不笑的表情看着我。我缓缓地对他说：

“妈了个×的，你怎么追上我了？”

他再也憋不住，放声大笑起来，笑了足有45秒才停下来。

“我他妈也不知道啊，一在跑道上跑就给忘了。”他说。

也就是说，这王八蛋一直都跑得比我快。无论是考试时在跑道边跟跑，还是打架时让我先跑，都不是因为他跑不过我。

“妈了个×的，”我虚弱地说，“我再也不是跑得最快的人了。”

说完，我闭上了眼睛。这并不是因为我昏倒了，而是因为我刚刚看过七二年的《海神号遇难记》，里面有一位妇女是这么说的：“我……再也不是……教会的……游泳冠军了……”说完她就魂归那世去了，所以说完这话以后我不知道该怎么办，只好闭上眼睛。过了一会儿，我又睁开眼睛说：“现在，你丫是跑得最快的人了。”

黑八愣了一下，然后温厚地笑了笑。“拉倒吧，”他说，“我才不当跑得最快的人。”

后记

POSTSCRIPT

写完最后一篇之后，我花时间把全部篇目看了几遍。反复看自己的作品是个枯燥的差事，看着看着你就会想往后跳着看，因为里面的内容了然于胸。坚持看完一遍，又会变得非常沮丧，觉得自己写得不好，很多事情没有表达清楚。这都是语文老师害的。而且时过境迁，再回头看前几篇年代久远的随笔，顿觉光阴荏苒，我已经从一个小不正经变成了一个老不正经。一些篇目跟现在的文字风格差距很大，看起来像是好多人写的。这说明我应该多准备几个笔名，用不同的风格写稿，多赚几份稿费。

除了文风不统一之外，还有一个问题，就是文中讲的故事都不太令人开心。我有一位女性朋友，得知我出了一本书，要我挑一篇给她先睹为快。结果睹完以后，快是没有快，反而添了堵，流下几滴眼泪来。这位女性朋友看《聪明的一休》都哭过，所以看到一些悲惨的结局，哭哭也是正常的，败火。总之，内容是以悲剧居多，很多人都死了，有些还死得很难看。但是，我在序言中已经说过，或许有一些艺术加工，但没有假人假事。世上每天都有人死去，死法千奇百怪，每秒钟都有悲剧发生，内容各不相同。我写这些，根本算不上其中传奇之人，传奇之事。有一次我跟一位警察朋友聊天时，听他讲外省的一个案子，说是一家射击俱乐部里出了人命，一个少年打完靶，做了个什么耍酷的姿势，结果走火打死了自己的父亲。我那朋友问我："这死法算不算出奇，算不算冤？"我说："冤固然是冤，出奇则不怎么出奇。"我听闻国外有这么两则死法：一是某位华人父亲，新近移居某国。一天，他在自家别墅里给三四岁的女儿洗澡，女儿哭闹起来，他便厉声训斥，结果女儿哭得更响了。路过的警察听见，破门而入，举枪相向，叽里呱啦地说起本地话来。这位华人外语一窍不通，脾气还不好，大骂道："老子给女儿洗澡，你们闯进来干×？"结果警察一枪把他给毙了。另一件更冤，说有一个少年因为考试不好还是什么原因，情绪失控，拿了一把大口径的手枪对着自己的太阳穴，准备自杀。家里人苦劝不下，正在危急关头，特警及时赶到，把这位少年击毙了。这是天下奇闻。这种故事，即便读者喜欢看，我也不愿意在书里多写，因为无论怎么讲都把死者讲得有些可笑。把这种事当笑话讲，讲完大家一番哄笑，此乃大不敬。

我讲的故事，其中也不乏可笑之事。这也是没办法的事情，因为我要克制讽刺挖苦的冲动是很难的，除非我极敬重的人物，写起来才正经一些，比如花四宝。就连我爷爷，在原稿里其实都被讥笑了一番，是关于他养金鱼的事。后来考虑到我爸万一看见，殊为不妙，我跟编辑商量把字印小一点让他看不见，编辑不干。只好删了。讲这些可笑又可悲的事情，并非我的本心，只是人生不如意，十常七八，要讲身边真人真事，悲剧是躲不开的。我把悲剧当笑话讲，是希望读的人不那么沉重，而不是要讥笑谁的意思。我从长辈身上学到了这项技能：将悲惨的事情当笑话轻松地讲出来，把听的人架在火上烤——你要是笑，就成了我的共犯；你要是哭，我便笑你。

关于人生不如意事，很多人说是十有八九。实际上，羊太傅确实说的是“天下不如意，恒十居七八，故有当断不断”。羊祜是西晋人。我们常听说的十有八九的说法，是南宋的方岳说的，比羊先生晚了小一千年。可见，人的烦恼和事件的悲剧是不断增加的，现在距离南宋又过了小一千年，想过得开心已经很难很难了。大家本来就不开心，你还要给人家讲不开心的事情，如果不讲得有趣一点，谁愿意听呀？我所讲的只是世上最普通的一群人，还有很多故事，我都没有讲，因为讲出来连我自已都不开心。正如方岳诗云：

不如意事常八九，可与语人无二三。

2013年1月于北京